Demoiselles

··

Arber Berie

Contents

CHAPITRE 1 | Les dernières foulées.

- -

"Violette, tu m'écoutes ? S'agaça mon père en me voyant plantée bêtement devant l'obstacle.

- Excuse moi papa, je...je me disais que Shamrock ne passera jamais ce mur...

- Et pourquoi tu veux qu'il ne le passe pas ? Il n'a jamais eu de problèmes.

- Je le sens. C'est tout.

- Écoute, c'est notre dernière chance de prouver à son potentiel acheteur sa valeur en concours, alors crois-y vraiment.

- Tu es sur que c'est...notre dernière chance de s'en sortir ? demandai-je en rejoignant mon père.

- On en parlera après... Concentre toi pour ton tour et c'est tout. Allez viens, on finit la reco."

La suite du parcours n'était guère difficile, un virage légèrement serré en fin de combinaison double mais rien d'insurmontable pour qui se serait correctement préparé.

Shamrock, mon cheval de concours depuis cinq ans, attendait patiemment devant le paddock de détente avec sa groom, qui était également ma cousine. Sa robe noire luisait sous la lumière du petit matin et son ensemble blanc contrastait parfaitement. Si pour certains ce concours de saut international n'était que le moyen de gagner une coupe en plus, pour moi c'était bien plus que ça.

"J'ai longé Sham' pendant la reco, comme ça tu perdras moins de temps à le détendre sur le plat...le parcours ressemble à quelque chose de faisable ? Demanda ma cousine en me voyant arriver

- Merci, très bonne idée ! Le parcours est simple, mais il y a un mur et Sham' déteste ça tu sais bien..."

Et en effet, lorsque je mis le pied à l'étrier, je sentis mon cheval tendu sur les sauts de détente. Je fis signe à mon père de descendre les barres à un mètre vingt et Sham les refusa.

"Concentre toi Violette !" me hurlait-on

Mes mains tremblaient énormément, les rênes glissaient entre mes paumes moites et cela gênait Sham lorsque nous entrâmes en piste.

J'étais la troisième concurrente à passer, j'avais l'habitude des concours internationaux... La Baule, Jumping de Cannes, Equita'Lyon...je les connaissais tous par coeur mais aujourd'hui, les un mètre trente qu'il me fallait franchir avec Sham me paraissaient insurmontables.Je savais bien évidemment qu'il fallait que je montre de quoi j'étais capable. Un acheteur potentiel de Shamrock nous regardait attentivement dans le public et il était notre dernière chance.

Au son de la cloche, j'enclenchais un bon galop de référence et le premier vertical ne posa aucun problème, la combinaison qui suivait non plus. C'est seulement au bout du quatrième obstacle, un oxer impressionant, que Sham heurta la barre de ses antérieurs.La triple qui se profilait devant nous ne m'inspirait rien de bon. Et c'est ainsi que nous fûmes pénalisés de huit points sur cette combinaison. Le suivant était le mur, Sham était parfaitement rythmé, les oreilles en avant. Je m'attendais jusqu'au dernier moment à un potentiel refus et c'est ainsi que le taxi le plus effrayant de ma vie arriva. Sham franchit le mur blanc avec bien plus de facilité que n'importe quel autre obstacle malgré ma position désastreuse qui me déséquilibra à la réception. Heureusement, l'obstacle suivant était un oxer assez large, et mon cheval déjà très en longueur le franchit parfaitement. Les derniers obstacles ne posèrent aucune difficultés à Shamrock et je finis ce parcours avec treize points de pénalité, dont un point de temps dépassé. Toutes mes chances de classement s'étant envolées, je quittais la piste la mine déconfite en souhaitant bonne chance au cavalier suivant.

"Bon...c'était pas terrible ces barres. Mais ça s'est pas si mal passé...

- J'ai monté comme une merde oui, tu peux le dire franchement." soupirai-je en marchant le long de l'allée qui ramenait aux boxs.

Ma cousine, Andréa, s'occupa de Sham tandis que l'acheteur de mon cheval nous rejoignit :

"Joli tour, mais il me semble que quelque chose n'allait pas.

- C'est entièrement de ma faute, Sham était capable de faire sans faute.

- J'en suis convaincu. Je vous en propose soixante mille."

Mon père avait espéré en avoir pour soixante quinze mille mais accepta néanmoins et s'éloigna pour parler de la vente tandis que je revenais vers Andréa.

"Alors, la vente vous en êtes où ? Me demanda t-elle

- Mon père est avec l'acheteur...j'avoue que je suis un peu au bord du précipice... Ça me dépasse..." répondis-je en enlevant mon casque qui semblait soudain me compresser le crâne.

Andréa ôta la selle de Shamrock et son tapis aux couleurs de mes sponsors. Mon cheval posa ses naseaux dans la main que je lui tendais. Une larme s'écrasa sur le sol, puis une seconde. Honteuse de pleurer au milieu de toute l'agitation du concours, des grooms et des cavaliers j'enfouis ma tête dans l'encolure de mon fidèle cheval pour tenter de calmer mes sanglots.

Je finissais d'aider Andréa à poser la couverture sur Sham, les yeux toujours rouges, lorsque mon père arriva, la mine déconfite :

"Désolé ma chérie, mais voilà, ton dernier cheval est désormais vendu. On n'avait pas le choix, tu le sais.

- Je sais. Maintenant, on a de quoi s'en sortir ?

- Il manque une dizaine de milliers d'euros pour rembourser nos actionnaires. Mais ne t'en fais pas, on va s'en sortir. Comme on a toujours fait.

- Alors c'est bon, je peux dire adieu à ma carrière de cavalière.

- Écoute, demain soir Louis vient manger à la maison, je vais lui demander de te prendre dans ses écuries."

J'acquiesce, Louis est le meilleur ami de mon père. Il dirige une écurie de dressage mais son domaine comprend également une partie centre équestre multi disciplinaire où j'aurai des chances d'évoluer en compétition.

Shamrock fut embarqué dans le van piteux, le seul que nous n'avions pas encore vendu. Étant assurés de ne pas faire de podium ni même de classement, nous partîmes du concours tôt dans l'après-midi pour préparer au mieux le départ de Sham qui aurait lieu la semaine suivante. Je savais qu'il serait bien traité, et qu'il était encore en capacité d'évoluer sur des deux étoiles avec d'autres cavaliers. Mais avoir vu partir mes quatre chevaux de concours en mois d'un an m'avait complètement anéanti et les propriétaires m'ayant confié deux autres chevaux ont rapidement souhaité annuler le contrat établi avec moi, voyant que je n'avais plus les moyens d'assurer financièrement tous les concours.

La route retour en direction de nos écuries me sembla être une éternité, Andréa s'était endormie. La radio ne passait qu'une fois sur deux et mon père détestait parler au volant. Six heures de route très languissantes, avec la caméra de van fixée face à moi où j'observais les faits et gestes de mon cheval noir, calmement installé à l'arrière du convoi.

CHAPITRE 2 | Le Haras du Lac.

"Tu as fini tes valises mon coeur ? Demanda ma mère en rentrant dans ma chambre et en s'installant sur mon lit.

- Oui, je pense n'avoir rien oublié. Dans le pire des cas, ce n'est qu'un essai. Et papa pourra toujours venir me voir dans le mois...

- C'est vrai. Mais c'est à deux heures de route, si tu as besoin de quelque chose tu prends le train sans problème."

J'acquiesce, voyant ma mère au bord des larmes je la rejoins sur le lit et la prend dans mes bras.

"Je suis tellement désolée, je m'en veux affreusement de te faire vivre tout ça...c'est de la faute de ton père et moi si tu as du renoncer aux concours et on le regrette sincèrement. On sait que Sham va te manquer, mais je suis sûre que chez Louis tu vas encore apprendre beaucoup de choses ! Et tu ne seras pas seule... Il y a pleins de cavaliers de ton âge là-bas...

- Je vous en veux pas, je sais que ton entreprise est en faillite, vous pouvez pas faire autrement. Mais j'avoue que le coaching de papa va me manquer !" répondis-je en souriant doucement.

Louis avait accepté de me prendre comme cavalière dans ses écuries, on avait convenu que j'y reste pendant les vacances d'été, et qu'à la rentrée scolaire de ma dernière année de lycée, on aviserait. C'est ainsi qu'une fois mes valises prêtes, une bonne nuit de sommeil passée et un petit déjeuner d'au revoir je pris la route direction la Normandie avec Louis.

C'était seulement la deuxième fois que je me rendais au Haras du Lac, et la première remontait à une éternité. C'est donc comme si je me rendais dans un lieu inconnu, dans le milieu d'une discipline que je ne connaissais pas. J'étais un peu inquiète, allais je donc pouvoir remonter un jour sur des parcours de saut ? Quel genre de chevaux allais je trouver dans cette nouvelle écurie ? Allais je m'adapter à cette nouvelle vie ?

"On accueille des cavaliers de tout âge, mais la grande majorité des élèves sont comme toi, et le dressage est une discipline qui t'apportera beaucoup j'en suis convaincu. Me rassura Louis lorsque je lui fit part de mes inquiétudes

- Merci, tu penses que je pourrais continuer à m'entraîner un peu au saut ?

- J'aimerais te dire que oui, je vais en parler à Lucille, ma femme. Elle gère le centre équestre et si elle à le temps elle pourrait te coacher un peu."

Je laisse planer un silence dont Louis comprend immédiatement le sens :

"On a des chevaux avec un bon niveau en saut au centre équestre, peut-être pas comme tu as l'habitude mais certains ont un bon potentiel. Et Lucille a travaillé avec des cavaliers professionnels autrefois, elle a un excellent niveau. Ne t'en fais pas, on va essayer de trouver un moyen pour que tu continues à t'entraîner."

C'est ainsi que nous arrivâmes au Haras du Lac, l'esprit un peu plus détendu qu'à mon départ.

C'était un joli domaine, qui a vu d'œil me paraissait très grand. La maison dans laquelle Louis m'invita à entrer ressemblait plus à un manoir qu'à un lieu chaleureux mais la décoration intérieure me fit immédiatement changer d'avis.Le tout était très moderne, le salon dans lequel j'arrivai était éclairé par des grandes fenêtres et une baie vitrée qui donnait sur une terrasse vu sur les prés des chevaux.

Une femme blonde discutait avec un garçon sur le grand canapé en cuir. Ils se levèrent à mon arrivée :

"Et voici la fameuse Lucille et mon fils Édouard !" S'exclama Louis

Lucille m'accueillit en me prenant dans ses bras, un peu surprise par cette familiarité soudaine je ne su quoi répondre lorsque Louis me proposa de boire un coup.

Édouard fut plus distant et me fit la bise puis rejoignit son père en cuisine.

"Alors, comme ça tu t'es décidée à venir tenter ta chance ici ? Demanda Lucille en m'invitant à m'asseoir sur un fauteuil

- Oui, à vrai dire je ne pouvais plus monter à cheval chez moi.

- Je sais, Louis m'a expliqué la situation de tes parents. D'ailleurs, comme Lou' est très proche de ton père depuis toujours, il aimerait les aider avec un chèque pour compléter l'argent qui leur manque. Mais je vais pas te parler de finances et d'affaires d'adultes chiantes à mourir, va boire un coup on te fera visiter le domaine après ! S'exclama Lucille en me montrant le chemin de la cuisine.

Après un grand verre d'eau, Louis me proposa de sortir pour visiter les écuries de dressage :

"Lucille s'occupera elle même de te montrer son centre équestre, elle en est tellement fière qu'elle ne me laisserait pas te le faire visiter !"

Nous traversâmes la cour où nous nous étions garés et longeâmes une grande allée de boxs.

"La plupart des chevaux sont au pré, le mardi les leçons de dressage sont à partir de seize heures. Là bas au fond tu as les écuries de propriétaire de tout le domaine, partie dressage et centre équestre mélangés." M'expliqua Louis en désignant un bâtiment à l'écart.

La visite continua vers la carrière de dressage, le manège, une petite carrière de détente, le rond de longe, puis le marcheur, et en revenant vers les écuries il me montra les aires de pansage équipées de solarium et de douches.

"Louis ! Vous êtes revenus ! Interpela une voix dans notre dos

- Ah Guillaume ! Oui si je suis là c'est que je suis revenu.

- Parfait, je voulais vous dire qu'on a un petit soucis avec Django, il a voulu sauter les clôtures la nuit dernière et aujourd'hui il semble boîter. Maria va le faire marcher en longe pour regarder.

- C'est ça d'être un cheval de dressage et de vouloir s'essayer au saut d'obstacles ! Dit Louis avec un sourire en coin, Bon prévenez moi si il boîte, je viendrai voir ça.

- C'est noté." Conclut le dénommé Guillaume

Celui commença à s'éloigner avant de brusquement se retourner :

"Ah aussi Monsieur Tousset ! La jolie jument chez les propriétaires, elle commence vraiment à péter des câbles. Elle a mordu Maria ce matin et a cabré dans son box.

- Je vais en parler à sa propriétaire, ça peut plus durer ainsi. Bon et prévenez moi pour Django ! " dit Louis avant de saluer le palefrenier et de se tourner vers moi :

"Tu vois, on s'ennuie jamais au Haras du Lac ! Dit il en riant, Lui c'était Guillaume et la Maria dont il a parlé c'est la chef palefrenière des écuries dressage. Tu la verras sans doute ce soir !

- Ça en fait du monde pour gérer toutes ces écuries !

- Un peu ! On a huit employés au total ! Bon, je vais rendre visite à la terreur chez les propriétaires, tu viens avec moi ?"

Je suis Louis tant bien que mal le long du chemin qui mène aux écuries propriétaires, et me retrouve dans une cour où trône en son centre un vieux chêne centenaire. Des boxs sont disposés de chaque côté en forme de U. Louis s'approche d'un box où j'aperçois la masse imposante d'une jument. Celle ci sort brusquement sa tête, les oreilles plaquées à l'arrière et les naseaux frémissants.

Une plaque est affichée sous la porte de son box où je lis en caractère fin et gracieux le nom "Demoiselle".

"Et je te présente Demoiselle, de son surnom "La Terreur", un caractère d'étalon avec le potentiel d'une championne et le travail d'un poney de club retraité."

Je rigole et m'aperçois que le regard de la jument est posé sur moi :

"Attention, tu risques d'être sa prochaine victime...dit Louis en souriant

- Pourquoi elle est aussi agressive ? Demandai-je en voyant le cheval envoyer un violent coup de tête en direction de Louis

- Sa propriétaire, Nora, ne la sort jamais. Elle est là depuis six mois, j'ai vu Demoiselle travailler qu'une seule fois. Nora refuse qu'on la sorte au pré ni au manège, de peur qu'elle se blesse. C'est une jument avec beaucoup de valeur mais tout son potentiel va finir par se gâcher. Elle n'a que cinq ans, elle est encore dans le bon âge pour être dressée.

- Pourquoi elle ne veut pas la travailler ?

- Elle devait finir ses études à la fin de l'année et s'en occuper cet été et l'année qui arrive, mais elle n'est jamais disponible pour venir. Malheureusement sans son accord je ne peux pas la sortir de son box. Je vais aller appeler Nora, tu attends là ?

- Oui, répondis-je en regardant Demoiselle

- Et évite de te faire arracher un morceau de bras, je me demande si elle est pas devenue carnivore à force..." dit Louis en riant

Tandis que Louis s'éloignait, je pris place face à la jument qui continuait à me fixer. Elle semblait s'être calmée. Je pu enfin voir véritablement à quoi elle ressemblait.Elle avait un port de tête fier et altier, un chanfrein droit parsemé de quelques tâches blanches. Elle avait des yeux noirs brillants, des oreilles cerclées de brun, Son encolure caramel était fine et élégante et était rehaussée de crins noirs. Je tentais d'approcher ma main, mais Demoiselle donna un coup de tête et s'éloigna au fond de son box, les oreilles en arrière et l'encolure à l'horizontale.

Louis revint rapidement de son coup de fil : "Nora vient cette après-midi, j'aimerais que tu la rencontre."

Vos avis ? ❤

CHAPITRE 3 |
Demoiselle.

C'est dans cette catégorie de famille qu'on se rend compte que l'équitation est vraiment un monde à part. Un repas passé avec eux m'a tout de suite mise en confiance avec la vie qui m'attendait désormais. Lucille s'est révélée être une femme attentionnée, chic et distinguée. Louis s'est montré avec plein d'humour et de positivisme, chose qui manquait à mes parents depuis plusieurs mois et qui m'a redonné le sourire. Édouard m'est apparu comme un fils à papa maman, un peu renfrogné et distant mais j'espérais qu'il finirait par être plus causant à l'avenir.

J'attendais le soir avec impatience, là où tous les cavaliers arrivaient pour s'entraîner avec Louis. Moment où je monterai à cheval ici pour la première fois également. Mais avant cela, Nora devait venir et j'avais promis à Louis de l'accompagner lorsqu'elle arriverait.

Elle ne tarda pas, à treize heures une petite Mini chocolat fit crisser les gravillons de la cour et une femme brune âgée de la vingtaine en sorti accompagnée d'un petit chien nerveux. Louis s'en alla la saluer et je le suivi pour faire de même.

"Bon, je vous avoue que ces derniers temps j'étais totalement dé-pa-ssée par les examens !! S'exclama Nora en détachant chaque syllabes

- J'espère que vous avez désormais du temps libre à accorder à Demoiselle.

- M'en parlez pas ! Cet été je dois travailler ! J'aurais quelques heures par semaine à tout casser !

- Bon...alors, j'ai une proposition à vous faire à toutes les deux, Déclara Louis en regardant alternativement Nora et moi, Nora, je te présente donc Violette Desnat - Lahey, cavalière internationale de saut d'obstacles qui est aujourd'hui élève au Haras du Lac."

Je le regardai interloquée, j'avais bien ma petite idée sur ses intentions mais je préférais ne pas m'enthousiasmer trop vite.

"Elle est à la recherche d'un nouveau cheval de tête, et Demoiselle est issue d'un bon élevage de chevaux de saut n'est ce pas ?

- C'est exact, confirma Nora, un élevage qui a déjà fait ses preuves à l'international.

- Parfait, c'est pour ça Nora que je vous demande l'accord pour que Violette puisse essayer Demoiselle et éventuellement travailler avec.

- Je demande dans ces cas là d'assister à l'essai, et après je vous donnerai ma réponse." conclut Nora en pinçant les lèvres.

Louis me fit signe que je pouvais aller chercher mes affaires d'équitation dans mes valises. Je ne me fis pas prier, Nora me lançait des regards insistants et j'en devenais mal à l'aise.

Lorsque je me rendis aux écuries, équipée de ma tenue d'entraînement j'aperçus Demoiselle tenue au bout d'une longe par Nora. Celle-ci tentait d'échapper au coup de tête de la jument enfin libérée de son box.

"On va d'abord la longer...sinon tu ne tiendras pas longtemps sur son dos." Déclara Louis en ouvrant l'accès sur un petit rond de longe derrière les boxs.

Une fois rentrée dans le bâtiment, Demoiselle arracha la longe à Nora et donna de violents coups de postérieurs dans le vide en galopant.

"Elle est magnifique ! S'exclama Nora en observant sa jument

- Elle est surtout dangereuse, Violette...je ne suis pas sûr qu'il soit finalement judicieux de te mettre sur son dos.

- Bien sûr que si, en tant que cavalière internationale ce n'est qu'une formalité n'est ce pas ?" Dit Nora en me regardant fixement

J'hésitais, d'un côté je n'ai jamais eu à monter de cheval complètement fou malgré mon expérience, mais d'un autre Nora me mettait au défi.

Je regardais Demoiselle qui avait arrêté son coup de folie et soufflait le sable du rond de longe avant de s'approcher de la porte d'entrée sur laquelle nous attendions.

À peine Louis eut-il le temps d'ouvrir la porte que Demoiselle s'en alla de nouveau dans un concert de coup de sabot contre les parois en bois et de hennissements aigus. Mais elle avait redressé ses oreilles et trottait désormais comme une pouliche de démonstration.

Louis avait pendant ce temps sorti la selle et le filet de la jument, avec un magnifique tapis bleu foncé.

Une fois calmée, Nora prit la longe de sa jument qu'elle avait involontairement lâchée et amena Demoiselle au centre de la cour où je lui passai rapidement un coup de bouchon. Malgré son pelage terne elle restait sublime.

Elle broncha à peine lorsque Louis lui posa la selle sur le dos, en revanche le mors fut plus délicat à mettre. Après une dizaine d'essai et deux trois cabrés, la jument obtempéra. Le sanglage fut également une étape difficile, Demoiselle essayait de mordre quiconque tentait de serrer un peu plus la selle.Après un combat acharné d'une vingtaine de minutes, Louis me fit signe qu'elle était prête et qu'il m'appartenait désormais de l'amener en carrière.

Malgré les tentatives violentes pour échapper à ma main, Demoiselle resta relativement sage. Arrivée en carrière, Louis commença à s'approcher de moi pour tenir la jument. Je lui fit signe que je souhaitais d'abord essayer sans aide.

"Bon ma belle, je vais te demander d'être très patiente aujourd'hui, histoire de montrer à ta prétentieuse de propriétaire qu'on est capable de travailler ensemble." chuchotai-je à l'intention de Demoiselle qui avait tourné ses oreilles dans ma direction.C'est ainsi qu'après une vérification du sanglage je mis mon pied dans l'étrier et me portai sur le dos de la jolie jument bai. Elle n'avait pas bougé, seulement redressée la tête d'un air surpris. Je la félicitai et après un réglage approximatif de mes étriers je pris les rênes et demandai le pas.

Elle avançait la tête haute, la queue en panache et le pas lent. Après une détente de quelques minutes au pas, je mis la jument au trot. Toujours dans une attitude fière et hautaine Demoiselle levait ses antérieurs très hauts à chaque foulées ce qui me déstabilisait un peu dans mon trot enlevé. Louis me fit signe de repasser au pas pour la mettre dans la main. Après vingt minutes à tenter par tous les moyens de sentir la jument se poser dans le mors, sans résultat, je demandai un trot très lent. Demoiselle jeta sa tête en arrière brusquement avant de galoper aussi vite que lui permettait la tension que je mettais dans les rênes et dans mon dos.Après plusieurs cercles dans la carrière je réussis enfin à repasser sur un trot lent et cadencé qui fut de courte durée. À peine la ligne droite en ligne de mire, la jument s'élança de nouveau dans un galop souple et très aérien. J'avais rarement senti un galop aussi confortable et puissant. Je décidai de conserver l'allure sur un tour de carrière avant de demander une demi volte renversée pour changer de main. Je tentai de faire changer de pied ma jument mais celle-ci perdit l'équilibre dans la courbe et trébucha contre le sol. Elle se releva un peu sonnée, et moi à terre, ayant manqué de peu de me faire écraser par Demoiselle.

Je me relevai chancelante et rejoignis Demoiselle qui attendait un peu plus loin la tête basse. Je me remis en selle sous les encouragements de Louis et le regard noir de Nora et de son affreux chien.

La jument ne semblait pas affectée par cet incident et continua son cirque, l'encolure toujours relevée et les crins au vent. Après une courte détente au pas et au trot, Louis installa des petits chandeliers avec une barre au sol que Demoiselle franchit sans même y prendre gare. C'est seulement lorsque la barre fut élevée en vertical d'une cinquantaine de centimètres que la jument s'échauffa au galop. Je sentis ses muscles se contracter, ses foulées se rétrécir, son chanfrein s'élever à la verticale. La barre se rapprochait, je me préparais à toute éventualité. Demoiselle s'élança dans les airs, très largement au dessus de la barre et retomba avec agilité sur le sol.

Je décidai de terminer la séance sur ça et la félicitai lorsque je mis pied à terre.Louis nous rejoignit au centre de la carrière :

"Tu aurais vu la tête de Nora, elle était verte de jalousie ! Dit-il en chuchotant, Mais tu t'es parfaitement débrouillée... Je pense qu'elle va accepter que tu la travaille"

Et effectivement, une fois Demoiselle ramenée au box et pansée convenablement, Nora vint me parler :

"Bon j'avoue que le fait est que quelqu'un d'autre que moi la monte ne m'enchante pas tellement, surtout après avoir assisté à ta chute.. .mais je n'ai pas tellement le choix alors j'accepte que tu travailles ma Démy. Et j'accepte également qu'elle aille au pré, avec une surveillance constante."

Une fois Nora partie du haras, Louis me confia que Demoiselle était une jument d'une très grande valeur financière, mais qui possédait un potentiel incroyable en saut comme en dressage.

"Désormais Demoiselle sera ta jument, pas officiellement mais tu es responsable de son travail."

Et voilà comment en moins d'une journée au Haras du Lac j'étais devenue l'heureuse entraîneuse d'une jument de Grand Prix complètement dingue.

CHAPITRE 4 | Le meeting de l'équipe.

Le soir arrivant, les cavaliers de dressage commencèrent à arriver, ils étaient trois à monter le mardi soir de seize heures à dix huit heures pendant les grandes vacances.

La première à arriver était une fille de mon âge, elle me salua surprise de voir une nouvelle cavalière dans le groupe.

"Tu montes en concours ? Je ne t'ai jamais croisé en compétition dans le coin ! Me demanda t-elle tandis que je l'accompagnais chercher la jument qu'elle montait au pré.

- Je suis cavalière de saut, je montais à l'international... Mais j'ai du arrêter. Je suis venue ici dans l'objectif de m'améliorer en dressage mais j'ai trouvé une jument que je dois entraîner.

- Oh pas mal ! Tu étais à quel niveau en saut ?

- Je montais en épreuve deux ou trois étoiles avec mes chevaux.

- Et c'est quelle jument que tu dois entraîner ?

- Demoiselle, elle est chez les propriétaires.

- Oh je vois ! Je te souhaite beaucoup de courage alors ! C'est un enfer cette jument !"

La dénommée Pauline que je venais d'accompagner était plutôt du genre comique même si un peu trop bavarde à mon goût. En revenant aux écuries, nous rencontrâmes les deux autres cavaliers du groupe, Julia et Léon.

Ce dernier s'occupait d'un immense cheval gris et ne cessait de me questionner :

"Tu t'appelle comment ? Tu as quel âge ? Tu fais du dressage depuis quand ? Tu montes quel cheval ? Ah tu faisais du saut, à quel niveau ? Tu es là depuis quand ?"

Après avoir répondu à son interrogatoire, Julia vînt me voir tandis que j'observai le petit groupe seller leurs chevaux :

"Tu veux pas t'entraîner avec nous ?"

Je réponds par la négative et Julia me sourit gentiment. Les cavaliers de dressage me paraissaient jusque là bien plus accueillants qu'en saut d'obstacles.

J'ai eu de la chance de naître dans une famille connue du milieu et d'y être plongée dès mes plus jeunes années poneys. J'ai ainsi pu côtoyer d'autres cavaliers de mon âge promis à un avenir de professionnels sans avoir besoin d'y faire difficilement ma place. C'est d'ailleurs un monde qui va me manquer, et je ne me suis jamais mentis, je sais pertinemment que le saut à haut niveau et moi c'est désormais de l'histoire ancienne.

Le groupe de dresseurs discutaient en attendant l'arrivée de Louis qui leur indiqua de se rendre en carrière.Une fois les éperons fixés et les casques attachés, je suivis les cavaliers avec leur coach.

En bord de carrière, je vis Édouard qui attendait son père :

"Maria m'a dit de te signaler que Django est boiteux. Mais je l'accompagne pour le soigner."

Louis se tourna vers moi :

"Accompagne le, comme ça tu rencontreras Maria et tu verras ce phénomène de Django !"

J'acquiesce et m'approche du dénommé Édouard qui me fit signe de le suivre. C'est alors que mon téléphone se mit à sonner, effrayant le cheval de Léon qui marchait dans la carrière.Me confondant en excuse envers le cavalier surpris je pris l'appel :

"Oh Amélia ! Ça fait plaisir que tu m'appelle !

- Aha ! J'ai un truc de dingue à te raconter !! Devine qui j'ai vu aujourd'hui !? Me coupa mon amie

- Je...j'en sais rien. Mais dis moi vite, je suis attendue, dis-je en apercevant Édouard patienter au bout du chemin

- Ah...bon. Alors je t'appellerais plus tard." Conclut Amélia en raccrochant brusquement.

Je hausse les sourcils, surprise de la réaction de mon amie. Je la connaissais susceptible, mais pas à ce point-là ! !

Édouard ne cachait pas son impatience et m'avait largement devancé. Passer tout l'été avec pour seule compagnie humaine de mon âge un insupportable prétentieux de service, cela risquait d'être compliqué.

"Enchantée, moi c'est Maria." Dit la palefrenière lorsqu'elle me vit. Elle avait un ton froid et autoritaire mais un regard sympathique.

Elle se tourna vers Édouard et lui indiqua d'aller chercher le fameux Django dans son box.

"Alors c'est toi la fameuse crack en saut ?

- Les nouvelles vont vite !

- Je préfère te prévenir. Que tu sois une merde en équitation ou la championne du monde, je serais cash dans mes paroles. Alors si parfois ça te plaît pas, c'est la même chose."

Sympathique. Heureusement Édouard revint rapidement pour dissiper le malaise qui s'était installé. Django était un magnifique étalon bai brûlé assez lourd et imposant qui était tenu par une longe solide et un licol en cuir foncé. Il boitait effectivement à son antérieur gauche et Maria approcha son chariot de soin.

Je restais légèrement à l'écart pour regarder et Édouard me rejoint rapidement. Le silence était pesant :

"Tu...tu montes à cheval ? Demandai-je en direction du jeune homme

- Non. Sûrement pas. J'aide parce que j'ai pas le choix.

- Ça t'intéresse pas ?

- Quand tu bouffes cheval, tu dors cheval, tu bois cheval, tu travailles cheval et que tu pisses cheval depuis que tu es né, non, je t'assure que c'est pas intéressant.

- Enfin, tout dépend pour qui. Dis je amusée en pensant à moi et mes amis qui vivent la même vie "cheval" depuis toujours.

- Peut-être pour toi. Mais pas pour moi."

Un silence se réinstalla mais cette fois-ci ce fut Édouard qui le brisa en chuchotant :

"Au fait, Maria est à peu près sympa comme une porte de prison avec les nouveaux cavaliers. Elle s'attendrit avec le temps...évite de la contrarier."

Je souris, amusée tandis que Maria finissait de soigner Django.

Ma première soirée avec la famille Tousset fut très intéressante, ils me montrèrent la "Golden Room" comme Lucille aimait appeler la salle des trophées où était entassés et affichés les flots, les plaques et les coupes des compétitions remportées. Une multitude de photos étaient placardées contre les murs et faisaient la fierté de Louis.

Édouard était resté silencieux jusqu'au dessert où il demanda à son père d'annuler son cours de tennis du lendemain. Cette demande sembla déranger Louis mais il finit par accepter à contre coeur.

Ma chambre était très confortable, décorée simplement mais avec goût, elle comportait un grand lit et de très jolis meubles, le tout dans une ambiance moderne et chic.

C'est seulement à deux heures du matin que je réussis à trouver le sommeil, après avoir discuté avec mes amis sur le groupe Snapchat "France CSO" des dernières infos de l'équipe nationale. Mes amis me manquaient atrocement, je ne vivrai plus ces moments de détente entre les épreuves des grands championnats, ces soirées interminables après chaque victoire, cet esprit d'équipe entre nous tous, les encouragements, les tours d'honneur sur les plus beaux terrains de concours mais aussi ce bel esprit de compétition qui nous animaient tous.

C'est en regardant sur ma table de nuit, la photo de groupe où nous étions tous attablés au restaurant VIP du jumping de la Baule avec des sourires sur chacun des visages que je m'endormis.

CHAPITRE 5 | Une balade matinale.

C e fut une nuit particulièrement agitée et lorsque le soleil illumina ma chambre et me réveilla je fus soulagée.

J'avais été visité par un cortège de rêves étranges et dérangeant que je préférais oublier au plus vite.

Louis et Lucille étaient déjà aux écuries et m'avaient laissé ma part de petit déjeuner dans la cuisine. J'aperçus Édouard sur la terrasse face à la piscine au téléphone. Il me fit un salut distant auquel je répondis par un sourire rapide.

Je ne perdis pas de temps pour me rendre à l'écurie propriétaire où je trouvais une fille de mon âge en plein nettoyage de cuir au centre de la cour.

"C'est toi la nouvelle cavalière de Demoiselle ?" Me demanda t-elle après avoir appris qu'elle se faisait appeler Anaïs

Je lui expliquai alors ma situation et elle sembla soudain étonnée :

"Mais je suis sûre qu'on s'est déjà croisées quelque part ! Ta tête me rappelle quelque chose j'en suis sûre, même ton nom..Mais je m'y connais mieux dans le milieu du complet alors je suis pas forcément très au courant de toutes les actus CSO !

- Tu as du me voir en concours non ?"

Anaïs s'arrêta dans le nettoyage de sa bride un instant et me fixa soudain :

"À Deauville ! Voilà c'est là que je t'ai vu ! J'en suis sûre ! Pour l'épreuve Longines ! Je t'avais ensuite croisée dans les écuries que j'avais pu visiter ! Je m'en souviens !"

Je n'avais absolument aucun souvenir de cette scène, mais à vrai dire l'épreuve à 145cm du CSI de Deauville avait été une véritable catastrophe avec Shamrock et j'avais préféré oublier ce concours...

Anaïs remonta sa bride et attaqua le cuir de sa selle. Je rejoignis Demoiselle qui mangeait son foin dans son box. Aujourd'hui j'avais décidé de tenter le diable : une petite sortie en extérieur pour voir ses réactions face à l'inconnu.J'avais prévu pour ça, un grand arsenal de sécurité pour elle et pour moi. Contrairement à ce que je craignais elle m'accueillie avec joie et se laissa attraper en licol avant d'être conduite sur l'aire extérieure de pansage.

Anaïs sembla surprise de voir la jument :

"Ouah ! Je ne l'avais jamais vu en dehors de l'obscurité de son box ! Elle est sublime !" S'exclama t'elle

Je pris le temps de panser ma nouvelle jument, pour regarder ses éventuelles particularités. Mais tout semblait en ordre alors je pris la selle de Nora et le reste de son matériel pour en équiper la jument.Au lieu de se cabrer et de mordre comme je le craignais, Demoiselle dressait ses oreilles en avant et me regardait attentivement ajuster les montants de son filet qui lui était trop petit.

"T'as l'air de bonne humeur aujourd'hui," lui dis-je en flattant son encolure.

Anaïs était rentrée dans le box de sa jument pour la préparer, je m'en approchai :

"Tu veux venir avec moi faire un tour ? Lui proposai-je

- J'aurai bien aimé, mais Lucille m'attend déjà dans la carrière pour travailler les hauteurs avec Arsenic ! On se retrouve toute à l'heure !" me répond t-elle en souriant

Demoiselle m'avait patiemment attendu et se mit à piaffer lorsque je m'approchais. Je la conduisit jusqu'au manège où je mis pied à l'étrier. Après une rapide détente au pas, je pris la direction du chemin de ronde qui faisait le tour de la propriété sur plusieurs kilomètres.La jument avait les oreilles dressées, le pas lent et calculé. Elle fit un écart au niveau du tuyau d'arrosage où Guillaume remplissait les arrosoirs.

C'est plus loin en passant près de la carrière de dressage que je vis Louis en pleine discussion animée avec Maria :

"...il boitait plus ce matin ! Assurai Louis

- Si, même au pas il boîte ! Pas moyen de le faire travailler avec sa blessure Monsieur Tousset !" S'agaçait Maria

Louis sembla soulager de me voir arriver avec Demoiselle et je m'arrêtai pour saluer Maria qui ne daigna même pas ouvrir la bouche pour me dire bonjour et s'éloigna d'un air renfrogné.

"Elle est persuadée que Django doit prendre trois mois de pause pour sa blessure à l'antérieur, sauf que nous avons le championnat de France dans moins de six semaines et j'en suis l'invité d'honneur avec Djang' impossible de faire l'impasse dessus !

- Trois mois c'est peut-être pas nécessaire... Deux semaines peuvent suffirent si il est bien traité. Shamrock se blessait souvent de la même façon, et trois mois de pause n'ont fait que le fragiliser un peu plus, Proposai-je

- On verra bien. Bon avec Demoiselle tout se passe bien ?

- Jusque là nickel ! Je voulais faire une petite visite de la propriété avec elle pour voir ses réactions en extérieur.

- Excellente idée ! Si tu veux, Léon est parti faire un tour avec sa jument il y a cinq minutes tu devrais facilement pouvoir le rejoindre vers le cross ! Il connait bien le parc !" me proposa Louis

Je suivis alors ses conseils et me dirigeais vers le lac du terrain de cross qui avait donné son nom au domaine. Demoiselle avançait désormais d'un pas sûr et énergique. Nous passâmes dans un sous-bois magnifique, où la piste en terre battue se prêtait merveilleusement à un petit trotting de détente. Ma jument était tendue mais confiante. Je me méfiais néanmoins lorsque je pris le trot. Ses sabots claquaient contre la terre, son encolure relevée, ses crins au vent, sa queue en panache et les naseaux frémissants. Je devais mettre beaucoup de tension dans mon dos et mon assiette pour ne pas accélérer. À la fin de la piste, Demoiselle transpirait exagérément et respirait fort. Je fis donc une pause pour la laisser reprendre son souffle qu'elle avait perdu l'habitude d'avoir.

Léon marchait à une dizaine de mètres devant nous et s'arrêta pour nous attendre lorsqu'il nous vit.

"Salut ! Me lança t-il lorsque je vins marcher à côté de lui

- Salut ! Louis m'a dit que tu étais dans les parages et que tu pouvais me faire visiter le parc.

- Bien sûr ! On arrive au cross au prochain virage, un des plus beaux de la région. Mais on y va pas souvent nous comme on est plus dressage. Toi tu pourras peut-être en profiter avec Demoiselle !

- Quand elle sera mieux entraînée sans doute aha !

- Elle en a largement les capacités, elle vient d'un des meilleurs élevages français !" Me dit Léon en souriant.

La visite du magnifique terrain de cross nous prit une grosse demi-heure, partagée entre la nervosité de nos deux chevaux de se retrouver en extérieur (et particulièrement de Demoiselle !) et les fous rires lorsque nous nous racontions les anecdotes de concours. Léon qui m'avait paru hier comme trop curieux et enfantin se révélait aujourd'hui vraiment mature et sympathique. Il était passionné par l'équitation, et ça se voyait.

Demoiselle commença à s'échauffer et à piaffer d'impatience. Je tentais de la rassurer et de la calmer.

Une fois la jument remise au pas, nous continuâmes tranquillement jusqu'aux écuries de dressage où Léon s'arrêta et où je fis de même.

"N'hésite pas à me faire signe si tu souhaites refaire un tour un de ces jours." me proposa Léon.

J'acquiesce avec un grand sourire, ravie de voir qu'il n'était pas si difficile de s'adapter dans une nouvelle écurie.

Une fois dessellée, je pris Demoiselle en longe pour l'amener jusqu'au pré. À peine libre, la jument explosa dans un grand galop et en coup de croupe.

À midi pile, je franchis le seuil de la porte de la cuisine où je trouvais Lucille agacée au téléphone. Elle me fit un rapide signe de la main pour me saluer et je rejoignis Édouard dans la salle à manger qui n'avait pas attendu pour commencer le repas :

"Tu peux manger maintenant si tu veux, ma mère et mon père viendront plus tard.

- Sûr ? Je veux pas paraître impolie !

- Fais comme chez toi tu sais, vas-y sers toi !" Me dit-il en me donnant le saladier.

Dans la lumière du soleil qui traversait les grandes fenêtres et qui donnait exactement sur la table où nous mangions, je vis une importante cicatrice sur le bras d'Edouard qui avait remonté les manches de son sweat. Il vit où mon regard s'était posé et remit ses manches d'un air gêné.

"Tu t'es blessé ? Demandai-je curieusement

- Hmmm, c'est rien." Dit le jeune homme en gardant les yeux baissés vers son assiette.

Je décidai alors de ne pas insister et le repas se termina dans le silence jusqu'à l'arrivée fracassante de Guillaume :

"Louis ! Y'a une grosse urg... Commença le jeune palefrenier en espérant trouver Louis dans la pièce

- Un problème ? S'étonna Édouard

- Je pensais trouver Louis ici, on a un gros problème avec Demois

elle..."

CHAPITRE 6 | Sang et Blessures.

L'expression paniquée que je pouvais lire sur le visage du palefrenier me fit immédiatement sortir de table pour me diriger vers le lieu du problème.Guillaume me suivait au pas de course, tout comme Édouard. Louis, intrigué par notre démarche précipitée nous fit signe de loin, le palefrenier qui se tenait juste derrière moi fit comprendre à son patron de nous rejoindre.

"Il se passe quoi ? Demanda Louis en arrivant à notre hauteur

- Demoiselle était dans un pré vers les juments, à côté d'Elixir, elle a défoncé toutes les clôtures et s'est échappée. J'ai appelé María qui m'a dit l'avoir trouvé sur le terrain de cross. Elle est déjà sur place." Expliqua Guillaume

J'avais effectivement placé Demoiselle dans un pré libre sans réfléchir vraiment si j'en avais l'autorisation.

"Oh non ! C'est toi qui l'a amené au pré ? Me demanda Louis

- Oui, je suis désolée je pensais bien faire. Je ne pensais pas qu'elle allait réagir ainsi !

- C'est pas de ta faute, j'ai oublié de te prévenir qu'il ne fallait pas la mettre dans le pré libre des juments.

- Pourquoi ? Demandai-je toujours en hâtant le pas

- C'est un pré qui doit rester vide, la jument d'à côté, Élixir, est très agressive envers les chevaux qu'elle ne connaît pas. Elle peut être vraiment dangereuse et j'espère qu'elle n'a pas gravement touché à Demoiselle." m'expliqua Louis alors qu'on arrivait enfin devant le pré.

En effet, une immense jument grise était installée dans le parc de Demoiselle, les clôtures explosées. La jument hennit en nous voyant approcher, elle transpirait et semblait avoir été frappée à l'encolure par un coup de sabot récent. Du sang coulait légèrement de la blessure. Elle se laissa approcher sans trop de crainte :

"Elle est adorable avec les hommes, mais infecte avec les chevaux. Elle a déjà blessé un de nos hongres et un de nos jeunes en débourrage." Me dit Guillaume tandis que Louis examinait la blessure.

Ce dernier demanda au palefrenier de rester avec lui et indiqua à Édouard et à moi-même de rejoindre María au cross.Un peu désorientée dans cette immense propriété, Édouard me devança jusqu'au cross.

Nous retrouvâmes María derrière un contrebas. Il ne m'en fallait pas plus pour craindre le pire.

Et en effet, lorsque je vis Demoiselle couchée dans la boue sur le flanc droit, l'un de ses postérieurs en sang, je me raccrochai à l'épaule d'Édouard qui se tenait à mes côtés en poussant un cri de terreur.

La jument ne cessait de tourner la tête vers sa blessure qui semblait relativement profonde. Je m'approchais alors. Je pouvais voir les yeux vitreux, le poil terne et transpirant et les naseaux frémissants de Demoiselle.

"J'ai appelé en urgence la véto de l'écurie. Elle arrive bientôt. En attendant assurez vous que la jument ne bouge pas et que la boue n'aille pas dans sa blessure, je vais chercher la malle de premier secours," déclara María

Un silence de plomb s'installa entre Édouard et moi. Ce dernier vérifiait que rien n'allait rentrer dans sa plaie, celle-ci s'étendait le long du canon jusqu'au boulet.

Quant à moi, je m'étais approchée de la tête de Demoiselle et lui caressait le chanfrein pour la calmer, elle avait les yeux écarquillés et les oreilles dressées. Son souffle était saccadé.

"Là, tranquille ma belle." lui chuchotai-je alors qu'elle donnait des coups de tête violents dans le vide.

Elle était paniquée et j'étais totalement désemparée. L'expression sur le visage d'Édouard ne me disait rien de bon non plus, il était pâle et tremblant :

"Laisse, je vais prendre ta place, lui proposai-je alors qu'il menaçait sérieusement de faire un malaise

- Non, ne t'inquiète pas,...c'est juste que...non rien ça va aller."

Je reprenais alors ma place à la tête de Demoiselle. J'étais un peu perturbée par les événements et la blessure de Demoiselle saignait de plus en plus ce qui ne cessait de me stresser plus qu'autre chose. Le soleil avait atteint son zénith et la chaleur du mois de juillet se faisait pleinement ressentir. Je regrettais d'avoir gardé mon pantalon d'équitation et mes bottes en cuir sur ce parcours de cross en pleine exposition aux températures estivales.Édouard tenait toujours le postérieur blessé de la jument et plaquait sa main contre la blessure pour en limiter le saignement. Mais l'hémorragie était importante et ses mains rougeoyantes ne serviraient bientôt plus à rien. Je continuais à rassurer la jument en lui parlant, caressant son chanfrein mais ne voyant ni María ni la véto arriver et le sang couler continuellement je vins soutenir Édouard à son poste. Demoiselle tournait sa tête vers nous, je continuais à lui parler, de tout, de n'importe quoi. De mes victoires en Grand Prix, de ma chute au salon du cheval, de mes stages avec l'équipe de France jeunes, je lui parlais aussi de Shamrock. Et j'ai pleuré.

Les larmes coulaient le long de mes joues, très vite asséchées par la chaleur. Mes mains placées sur celle d'Édouard pour limiter l'hémorragie tremblaient.

Je compris alors que Demoiselle était un réel coup de foudre, elle avait la même attitude que Shamrock, je ne doutais pas qu'elle avait les mêmes capacités, le même courage et la même force que mon ancien cheval. Bien qu'aucun cheval ne soit pareil, les deux avaient vraiment la même élégance de démarche, la même présence, et j'avais le même feeling.

La vétérinaire arrivait enfin accompagnée de María et sa trousse de premier secours désormais inutile, dans les mains.

Une fois mise au courant de la situation, la véto nous proposa d'aller nous mettre à l'ombre et d'aller nous laver les mains, qu'elle allait s'occuper de la jument et qu'on avait fait du bon travail.

En rentrant dans les écuries fermées des propriétaires, où la fraîcheur du béton était restée, Édouard et moi restâmes dans l'obscurité des boxs en silence, les mains rincées du sang de la jument.

C'est lui qui brisa le silence en premier :

"Shamrock c'était ton cheval ?

- Celui qui m'a tout apporté.

- Oui, je le connais. C'est mon père qui l'avait trouvé dans un haras et qui l'a conseillé à tes parents. Il a été vendu ?

- Oui, il va continuer la compétition avec un autre cavalier maintenant. Répondis-je en séchant mes larmes qui recommençaient à couler.

- Désolée de te parler de tout ça." Dit-il en entendant mes sanglots

Je lui fis signe que c'était rien, que j'allais m'en remettre. Mais au fond j'avais perdu déjà mon premier coup de cœur, je ne voulais pas perdre ma nouvelle jument. Je m'en voulais atrocement de l'avoir mise dans ce pré.

Quelqu'un ouvrit brusquement la porte des écuries et des pas, suivis d'un cliquetis métallique se firent entendre. C'était un garçon que je n'avais encore jamais vu, qui traînait derrière lui un chariot dont la sangle de sa selle raclait le sol.

"Oh merde, pas lui..." chuchota Édouard dans sa barbe

Je le regardai étonnée, je ne pouvais pas voir l'expression de ses yeux dans cette semi obscurité mais je devinais qu'il n'était pas ravi !

"Qui est-ce ? Demandai-je discrètement tandis que l'inconnu qui ne nous avait pas vu était rentré dans la sellerie propriétaire.

- C'est "Mister" De Pécha. La personne la plus détestable de cette écurie.

- Ça sent l'amour ça ! Dis-je en riant

- Sûrement pas, prétentieux, hautain, trop sûr de lui, bref. Un vrai fils à sa maman.

- Ne juge pas trop, je te croyais comme ça aussi hier quand je t'ai vu !

- Je le suis sans doute un peu, mais pas comme ce...con." conclut Édouard tandis que le dénommé "De Pécha" repassait.

Mais cette fois-ci il nous vit et nous dévisagea longuement :

"Je vois que tu n'as pas attendu longtemps avant de remplacer Julia..."

Je sentis Édouard s'agiter à côté de moi et je posai ma main sur la sienne discrètement pour lui intimer de se calmer.

"Eh... mais quel abruti effectivement ! M'exclamai je lorsque le garçon fut parti

- Insupportable je te dis. Sa jument s'appelle Mont-Blanc, c'est une crack de saut d'obstacle.

- Mont-Blanc de Hus ? M'exclamai je alors

- Oui, tu la connais ?

- Attends. Mais tu m'as bien dit qu'il s'appelait "De Pécha" ?

- Oui... pourquoi ?

- Adam de Pécha et Mon-Blanc de Hus. Oh merde !

- Tu peux t'expliquer ? Me demanda Édouard en me regardant de travers.

- On se croisait sur les concours de saut. C'est juste ça." Dis-je doucement.

Edouard me dévisagea alors avec un regard douteux.

"Julia, c'est ta copine ? Demandai-je

- C'était. Jusqu'à l'arrivée d'Adam."

CHAPITRE 7 | Les rumeurs accourent au galop.

Demoiselle était désormais installée dans un grand box couvert de paille fraîche.Son accident avait eu lieu la veille, sa blessure était désormais nettoyée et couverte d'un bandage propre. La jument était debout, mais son postérieur ne posait pas sur le sol.

J'étais rassurée, Demoiselle avait besoin de minimum trois semaines de repos mais elle n'aurait pas de séquelles importantes.

"Bon...c'était pas tellement prévu cette blessure. On a prévenu Nora, elle accepte que tu la travaille après son repos. M'expliqua Lucille qui m'avait rejoint devant le box.

- Je vais m'occuper d'elle pendant son mois d'arrêt, la sortir au pas par exemple. Lui montrer que je ne vais pas l'abandonner comme l'a fait Nora. Dis-je

- Je comprends. Mais méfie toi...elle ne s'occupe pas de Demoiselle, mais elle en reste la propriétaire officielle malgré tout. En attendant, j'ai quelque chose à te proposer. Un cheval à travailler quotidiennement, ça t'intéresse ?

- Bien sûr ! M'exclamai-je

- C'est pour travailler Solista du Lac, elle a neuf ans, c'est une jument que je sors en concours. Mais en ce moment j'ai ma jument Sot'O à entraîner plus un jeune à débourrer et avec le centre équestre autant te dire que j'ai très peu de temps libre !

- Ça serait avec plaisir !

- Solista est une jument avec un coeur immense. On sort jusqu'en pro1 pour le moment mais elle a bien les capacités pour des CSO trois étoiles. Il est avec les chevaux du club, tu commences quand tu veux !" M'expliqua Lucille avec un sourire

J'étais rassurée, un nouveau travail m'attendait et cela m'empêcherait de trop penser à Demoiselle.

Solista était effectivement un cheval très attachant. Dès que j'ouvris la porte de son box, elle s'approcha et se laissa panser sans broncher. Je n'avais pas d'autre choix que de prendre la selle et le filet de Lucille. Ma bombe sur la tête et les rênes en main je conduisis le cheval blanc jusqu'à la carrière du club. Celle ci était occupée, je dû donc me déplacer vers celle des propriétaires.

Solista m'accepta parfaitement en tant que nouvelle cavalière et la détente se déroula dans un calme royal. La jeune jument était parfaitement placée dans le mors, ses allures rebondies, très confo rtables.Son galop était souple et c'est sans problème que je pouvais enchaîner des changements de pied et des cercles parfaits.

"C'est bien Solista !" M'exclamai-je à la fin de la séance qui avait duré une trentaine de minutes.

Cela me rassurait de voir que je n'avais pas perdu mes capacités, j'avais hâte désormais de reprendre le saut avec Solista.

Je ne tardais pas à faire mon compte rendu à Lucille au repas de midi qui semblait ravie d'avoir trouvé sa nouvelle groom maison ! Mon père me téléphona juste après le déjeuner et je lui racontai alors toute l'histoire de Demoiselle. Sa voix était empreinte de tristesse lorsqu'il me répondait, il s'en voulait toujours d'avoir du mettre un terme à ma carrière sportive.

L'après-midi était déjà bien avancée lorsque je pu enfin me reposer dans ma chambre à m'étendre sur toute la largeur du lit. Mais le calme fut de courte durée, quelqu'un vint frapper à la porte à mon grand malheur. J'avais besoin de repos, pas de visite.

"Entrez !"

C'est la tête d'Edouard que je vis passer dans l'entrebâillement de la porte :

"Salut Violette, je passais juste te dire que mes parents se sont absentés jusqu'à demain matin, ils ont une urgence.

- Ah merde rien de grave j'espère ? Demandai-je, à moitié écrasée sur mon lit

- Non, non. À vrai dire je ne sais pas en quoi leur urgence consiste !" S'exclama Edouard en souriant discrètement

Il hésita puis reprit :

"Léon est arrivé aux écuries, il te propose de partir en balade avec lui et...Julia.

- Carrément !!"

En effet, Léon avait déjà préparé son cheval et un autre en plus pour moi :

"J'ai appris pour Demoiselle, j'ai pensé à te préparer Bohème pour la balade du coup !

- Merci ! C'est vraiment gentil !"

J'étais ravie de pouvoir repartir en balade. Julia ne tarda pas à nous rejoindre. Contrairement à mes attentes elle ne m'adressa pas une parole. Pourtant elle m'était apparue comme une fille vraiment sympa la première fois.

Et plus que cela, elle jetait incessamment des regards noirs en ma direction. L'ambiance était lourde alors j'allais parler à Léon discrètement :

"Tu peux m'expliquer le comportement de Julia ? J'ai l'impression d'avoir tué son père.

- Julia ? Si elle te regarde mal c'est sans aucun doute une histoire de gars !

- Justement. Je sais qu'elle est en couple avec Adam, mais j'ai rien à voir là dedans !

- Mais avec Edouard, si ! C'est son ex depuis peu, et la rumeur circule aux écuries ! Expliqua Léon

- Quelle rumeur ?! M'exclamai-je plus fort que je ne l'aurai voulu

- Tu dois être plus au courant : tu serais en couple avec Edouard.

- Mais...n'importe quoi ! Je...je le connais depuis deux jours à peine ! Et c'est le fils du meilleur ami de mon père !

- J'ai pas dit que j'y croyais !

- D'où ça vient cette rumeur ?

- Adam...il vous a vu hier dans les écuries.

- Mais il peut pas se mêler de son cul lui ! Jusqu'au bout il va me pourrir la vie !" M'exclamai-je sans prendre le soin de chuchoter

Je sortis du box où je parlais avec Léon, qui paraissait totalement décontenancé.

"Ça va pas de hurler comme ça toi ? Me demanda Julia d'un ton désagréable alors que je passais devant son box où elle préparait son cheval.

- Excuse moi si j'ai perturbé ton audition.

- Je vois qu'Edouard n'a pas cherché bien longtemps avant de se retrouver quelqu'un, mais il n'a pas choisi la plus intelligente.

- Julia, si t'as un problème avec moi tu me le dis. Enfin si c'est un vrai problème, pas seulement parce que tu es jalouse. Dis-je le plus calmement possible

- Jalouse ? Que mon ex sorte avec une cavalière ratée ?

- La cavalière ratée elle t'emmerde." Dis-je sèchement en enlevant la selle de Bohème.

Léon essaya de me rattraper par le bras mais je lui jetai violemment un coup de coude dans les côtes :

"C'est bon, je vois qu'ici la maturité ne vole pas haut. À peine arrivée j'ai déjà une réputation désastreuse. La fille facile qui sort avec le premier venu, la cavalière déchue qui a dû vendre ses chevaux par manque de talent...quoi d'autre ? La prochaine fois je serais une délinquante, voire une tueuse de chevaux...non mais on sait jamais. J'ai peut-être volontairement blessé Demoiselle !" hurlai-je à l'intention du jeune homme qui semblait surpris de ma réaction.Mes joues étaient rouges, je sentais mes yeux se remplir de larmes et mes poings se serrer.

"Et arrête de me regarder comme ça ! T'as pas autre chose à foutre ? Comme allait afficher des pancartes "SCOOP : LA NOUVELLE CAVALIÈRE DES ÉCURIES SORT AVEC LE FILS DES PATRONS".

- Mais Violette, ne t'énerve pas ! J'y suis pour rien si Julia te parle mal !

- T'y es pour rien, ok. Mais tu veux que je te dise : je sors pas avec Édouard...et je m'en fous de trouver quelqu'un maintenant. Ma seule envie c'est que Demoiselle guérisse, qu'on progresse ensemble et que je retourne en concours !"

Je ne lui laissai pas le temps de répondre et retournai vers la maison.

"Y'a un problème ? Demanda Édouard alors que je rentrai dans la cuisine prendre un verre d'eau, les yeux rougis par les larmes.

- Non ça va.

- Vous avez fait vite...Tu as pleuré ? Demanda t-il

- T'inquiète pas, c'est...je pensais à mon cheval que j'ai dû vendre. C'est tout."

Il acquiesça, peu convaincu mais il n'insista pas.

Je commençais à monter dans ma chambre lorsque je m'interrompis soudainement dans l'ascension de l'escalier :

"Edouard ?

- Oui ?

- J'ai appris aujourd'hui que nous étions en couple !" M'exclamai je en souriant

***

Alors ce chapitre ?

Je ne sais pas quand sera la prochaine publication. je reprends les cours demain !!

Donnez vos avis, vos réactions, ça me fait toujours vraiment plaisir de savoir ce que vous pensez ♥

CHAPITRE 8 | Réveil difficile.

L e réveil du lendemain fut particulièrement difficile.

Un rayon de soleil frappait mon visage, j'avais du oublier de fermer les volets la veille.Un mal de crâne tout particulier me rappela la soirée un peu trop arrosée qui avait eu lieu.

Édouard avait profité de l'absence de ses parents pour inviter des amis, et par un élan de folie, d'envie de tout oublier pendant quelques heures, j'avais sans doute un peu trop bu.

Cette chambre ne ressemblait étrangement pas à la mienne, la disposition était différente, la fenêtre s'était transformée en baie vitrée donnant sur un balcon et le bureau ordonné était devenu un ramassis de bout de papier et de t-shirts en vrac.

"Bien dormi ?"

Je sursaute en entendant la voix près de moi.

"Qu...qu'est-ce que je fais là ?

- Disons que ta chambre a été occupée par des amis hier soir, j'ai préféré par sécurité que tu viennes dans la mienne. M'expliqua Édouard qui devait déjà être réveillé depuis longtemps.

- Pardon ? M'écriai je, sous le choc

- Je te promet, il s'est rien passé. On a juste dormi "

Je me frotte les yeux et me redresse dans le lit :

"Écoute, je comprends rien, je ne me souviens même pas d'hier. Dis-je en baillant, à moitié réveillée

- Tu avais beaucoup trop bu, tu étais aussi réactive qu'une éponge. Mes amis aussi étaient complètement saouls et quand ils sont dans cet état je ne leur fait pas totalement confiance...enfin tu vois ce que je veux dire."

Je soupire, balançant ma tête d'avant en arrière :

"Je vois parfaitement, je suis donc censée te remercier de ta charité de m'avoir hébergé dans ton lit ?

- Pas forcément me remercier. Mais au moins me promettre que tu ne diras rien à personne dans ces écuries. Si ça remonte à mes parents, autant te dire que je suis mort...et c'était purement amical," Répondit Édouard avec un sourire sincère.

Il était déjà dix heures, Lucille et Louis avaient prévu de rentrer vers onze heures. En retournant dans ma chambre, je vis effectivement qu'elle servait d'accueil à trois personnes.

"Eh les gars, réveillez-vous !" M'exclamai je avec autant de conviction que mon mal de cheveux me le permettait

Une demi-heure plus tard, l'intégralité du salon était rangé et nettoyé et les amis d'Édouard étaient partis.

Mon mal de tête était terrible, j'avais vidé une bouteille à moi seule, moi qui avait toujours refusé de boire à l'excès.De plus, l'état dans lequel je m'étais réveillée m'avait totalement perturbé et j'étais gênée à chaque fois que je croisais Édouard.

Pour me changer la tête, je pris la direction des écuries, pour rendre visite à Demoiselle.La soirée m'avait presque fait oublier sa blessure, mais celle-ci me revint de plein fouet lorsque je vis le bandage blanc refait par María le matin même.

La jument mangeait tranquillement son foin. Elle releva la tête brusquement lorsqu'elle m'entendit :

"Salut Demy..." chuchotai-je en m'approchant.

Demoiselle passa sa tête à travers la porte du box avec curiosité. Durant plus d'une heure, je restais devant son box à l'observer manger. Je pensais à Shamrock, à l'heure qu'il était il devait être installé confortablement dans sa nouvelle écurie, ou en plein entraînement.Je me souvenais encore de sa propulsion extraordinaire pendant l'appel de chaque obstacle, sa capacité à refuser à chaque fois que j'avais le malheur de le précéder, ses foulées de galop souples et rebondies, son encolure haute et fière dès qu'on lui accrochait un flot aux montants de son filet. Je me souvenais de sa vivacité, de la violence des chutes que j'avais eu avec lui, mais aussi des tours d'honneur où il me semblait que le temps s'arrêtait, que le public applaudissait, les foulées s'allongeaient, je pouvais alors ressentir dans ces moments là, cet étrange sentiment d'éternité.

Tandis que je ressassais dans ma tête les bribes de mon passé, je n'avais même pas remarqué que Demoiselle avait terminé son foin et m'observait attentivement depuis de longues minutes.

Du bruit dans mon dos me fit sortir de ma rêverie :

"Salut Violette, tu vas bien ? Demanda Anaïs en traînant son char- iot derrière elle

- Ça pourrait aller mieux si Demy n'était pas blessée. Répondis-je en souriant doucement

- Demy ?

- Demoiselle...Demy c'est son nouveau surnom !

- Oh, excuse-moi... Jusque là j'avais plus l'habitude de l'appeler "El Diablo" ou "La Jument complètement tarée qui vit à côté de mon cheval" ! S'exclama Anaïs en riant, En tout cas, j'ai appris qu'un cheval avait été blessé aux écuries, je ne savais pas que c'était elle.

- Si, elle a environ un mois de pause. Expliquai-je

- Ouch...un mois c'est beaucoup !

- Elle a passé des mois entiers enfermée dans ce box, je ne pense pas qu'un de plus change la donne." dis-je en haussant les épaules

Anaïs me jeta un regard compatissant, dont je n'avais pas partic- ulièrement besoin actuellement.

J'avais simplement besoin de me réveiller, de me rendre compte que cette nouvelle vie était un simple cauchemar où Demoiselle serait la seule belle chose de ce rêve maudit.Je me réveillerai sans doute chez moi, je retrouverai mes chevaux, mes amis, mes habitudes.

L'organisation quasi militaire de mon père me manquait, tout comme les rangements bordéliques des bandes de polo dans le casier de ma mère, ainsi que les discussions interminables que j'avais avec Andréa, assises sur les bottes de foin.

"Violette, y'a Lucille qui t'attend dans la carrière de saut." Dit une voix féminine dans mon dos, qui n'était pas celle d'Anaïs.

Je reconnu vaguement les cheveux roux de Julia avant que celle-ci ne tourne le dos accompagnée sur les talons par Pauline.

"Tu t'entends bien avec Julia ? Me demanda Anaïs tandis que je m'apprêtai à rejoindre Lucille

- Disons seulement que je ne la porte pas spécialement dans mon coeur, en particulier depuis hier.

- Bon, ça nous fait au moins un point commun. Si je puis me permettre de te mettre en garde contre elle : si elle ne t'apprécie pas, elle va te pourrir le quotidien...je sais de quoi je parle.

- C'est à dire ?

- Avant, on était toujours ensemble, on a commencé l'équitation la même année dans le même centre équestre. On a décidé de venir ici un jour, et là tout a changé dès qu'elle a pris du niveau. Son cheval, Mermaid Gala, c'était celui que je montais toujours avant...elle a réussi à prendre mon cheval. Édouard Tousset, disons que ça a été mon crush pendant de nombreuses années... Elle a aussi réussi à me le prendre. Alors méfie toi d'elle..."

Je regarde Anaïs, stupéfaite par ces révélations.

"Mais ne t'inquiète pas...si tu restes loin d'elle tout ira bien !" S'exclama la cavalière en riant.

Je salue alors Anaïs en lui promettant de la revoir le lendemain.

Lucille m'attendait effectivement au bord de la carrière de saut du centre équestre, tenant Solista, sa jument par les rênes accompagnée d'une fille que je connaissais : Nora, la propriétaire de Demoiselle.

Voilà un nouveau chapitre, je m'excuse vraiment du délai de publication

Alors quels sont vos avis sur les personnages que l'on commence à mieux connaître ?

Violette ?

Édouard ?

Julia ?

Anaïs ?

À votre avis, pourquoi Nora a t-elle décidé de revenir ?

Vos avis en général ? (Ça fait toujours plaisir d'avoir des retours ihii)

CHAPITRE 9 | Une proposition délicate.

L a vision de Nora me fit un choc : pourquoi était elle là ?

"Salut Violette ! S'exclama Lucille avec un grand sourire

- Bonjour...dis-je d'une voix hésitante

- Nora avait du temps et voulait te voir sauter pour estimer ton niveau...je t'ai préparé Solista.

- Simplement pour vérifier que tu es capable d'entraîner Demoiselle correctement... enfin, quand sa blessure sera résorbée !" Rétorqua Nora sèchement

Je me maudissais encore de la soirée de la veille, ma tête tournait et voilà qu'il fallait que je fasse à nouveau mes preuves sur un parcours de saut.

Effectivement, les obstacles montés par Lucille étaient hauts, à près de cent vingt centimètres et plutôt techniques.

Solista attendait patiemment, elle avait déjà été détendue par sa cavalière et il ne me restait plus que la détente en saut à effectuer avant de montrer à Nora de quoi j'étais capable.

Tandis que je posais mon casque sur ma tête à l'écart de la propriétaire de Demoiselle, Lucille me glissa à l'oreille :

"Il n'était pas prévu que Nora vienne ce matin, je ne comprends pas ce qu'elle veut exactement.

- Voir mon niveau ? Chuchotai-je

- Ton niveau est marqué partout sur la fédération, non : elle cherche autre chose. Je ne sais pas quoi exactement."

Je soupire doucement et retourne vers Solista. Une fois sur son dos, je ferme les yeux pour me concentrer et oublier le casque emprunté qui me serrait la tête.

Solista était toujours aussi réactive aux aides, parfaitement équilibrée et concentrée. Après une courte détente sur des petits obstacles, je pris la trajectoire face à un oxer monté à plus d'un mètre dix. Ce que je ressens à ce moment est alors un véritable retour dans le passé, où tous les conseils de mon père me reviennent en tête : "pose tes mains, accompagne le mouvement de ton cheval, fais lui confiance et reste légère."

Solista franchit la barre avec une courbe parfaite et arrondie.

Les obstacles suivants étaient de plus en plus hauts, la jument sautait à merveille, malgré un refus devant un vertical mal abordé.

Je sentais le regard insistant de Nora posé sur moi, cela rajoutait de la tension dans l'air.

À la fin du cours, j'étais complètement essoufflée, Solista m'avait demandé énormément de présence dans les jambes, bien plus que les autres chevaux.

"Ok, c'était parfait ça ! Allez faire un tour dans le parc pour souffler toutes les deux si vous voulez !" S'exclama Lucille en levant un pouce en ma direction avec un immense sourire.

La jument soufflait fort également, cela faisait plusieurs semaines qu'elle n'avait pas autant enchaîné. Je me dirigeais alors vers le terrain de cross et le chemin qui le bordait.L'endroit était désert, les feuilles bougeaient très légèrement au contact du vent et je pu enfin pousser un profond soupir de soulagement et féliciter Solista pour sa prestation.

"T'as géré ma belle, avec ça Nora va obligatoirement m'accorder définitivement le droit d'entraîner Demoiselle, quel que soit son idée derrière la tête ! Merci, merci ! Dis-je à l'attention de la jument.

- Tu parles avec les arbres ?" Demanda une vois derrière moi

Léon était arrivé sans prévenir avec un cheval noir que je n'avais jamais vu auparavant.

"Je voulais m'excuser pour hier, je ne voulais pas que tu le prenne mal...

- Excuses acceptées. Répondis-je dans le vague

- Tout va bien...tu as l'air ailleurs ?

- Je viens d'enchaîner un bon parcours avec Solista, je réfléchissais à ma stratégie de foulées c'est tout."

Léon fronça les sourcils mais n'insista pas.

"C'est un nouveau cheval ? Demandai-je en voyant le cheval noir balancer la tête vers Solista

- Non, c'est le mien. C'est un jeune, un peu spécial je vais pas te le cacher...Il s'appelle Last si ça t'intéresse. Répondit Léon en caressant l'encolure du concerné

- Last ? C'est toi qui lui a donné ce nom ? Demandai-je intriguée par cette originalité

- C'est son nom réduit. En vrai il s'appelle The Last Conquest Van El Kruiz, pas très pratique tu comprends..." Expliqua Léon.

J'acquiesce doucement en souriant, Léon ne semblait pas être revenu pour être désagréable avec moi, je lui laissais donc une chance.

"Premier arrivé au bout du cross ? Me proposa Léon avec un sourire malicieux

- Attends...non mais..." commençai je, mais Léon avait déjà préparé son cheval à galoper

Je le regardai d'un air de défi et demandai le galop à Solista. La jument s'élança comme une flèche tandis que le jeune Last tentait de nous dépasser.Les sabots des chevaux claquaient sur la piste ensablée. Léon hurlait des insanités à l'égard des branches qui se trouvaient sur son chemin.Last avait une légère avance sur Solista et il restait peu de terrain avant le sprint final. Les deux chevaux courraient tellement vite que le paysage était flou autour de moi. Au bout de la piste, Last avait largement dépassé Solista que j'avais fait ralentir au trot

"Eh ! C'est pas juste, M'exclamai-je, Solista vient de travailler et elle est plus âgée !

- Tututut, je n'écoute pas les réclamations des perdants, en re-vanche si tu veux un autographe c'est avec plaisir !" Rétorqua Léon, amusé.

Les deux chevaux continuaient de trotter pour conserver le cardio et un peu plus loin, on les fit s'arrêter pour faire une pause près du lac.

"Tiens regarde les canards ! S'exclama Léon

- Oh super... des canards, c'est gé-n-ial !" Répondis-je d'un ton ironique

Léon fit mine de me pousser dans l'eau tandis que nos chevaux buvaient.

"Fais gaffe, tu sais maintenant que je suis plus fort que toi...

- On verra ça quand je prendrai ma revanche avec Demoiselle qui sera restée au box pendant un mois...dis-je

- Ce jour-là je pense qu'il faudra condamner l'accès au cross au risque de se faire tuer par un cheval fou !

- N'importe quoi ! Tu verras, dans deux ans on aura gagné les championnats d'Europe avec Demy ! Répondis-je avec un sourire

- Je n'en doute pas !" S'exclama Léon en rendant le sourire.

Le retour aux écuries fut paisible, Léon m'était de plus en plus sympathique et amusant. Au moment de nous séparer il chuchota à mon intention que Julia arrivait de la carrière.En effet, je voyais de là son cheval, Mermaid Gala qui revenait au pas sur le chemin que je m'apprêtais à prendre. Au moment de nous croiser elle me lorgna du regard et je fis mine de l'ignorer.

Lorsque j'arrivais devant les écuries du club où je retrouve Nora et Lucille, j'eus un mauvais pressentiment.La propriétaire de Demoiselle me regardait fixement. Lucille se mordait la lèvre.

"Qu'est-ce qu'il se passe ? Demandai-je inquiète en descendant de Solista

- Nora a eu une proposition d'achat très intéressante pour Demoiselle. M'expliqua Lucille

- Pardon ?"

J'étais abasourdie, perdue.

"Justement, je réfléchis sérieusement à la proposition. Disons que l'argent qu'elle me rapporterait m'aiderait largement à finir mes études sans dépendre de mes parents. M'expliqua Nora

- Et pourquoi j'ai du faire mes preuves sur Solista alors ?

- Car ceux qui m'ont fait la proposition ne seraient pas des bons propriétaires pour Demoiselle. Je voulais simplement m'assurer que toi tu pouvais l'entraîner correctement pour progresser en concours.

- Dans quel but ? Demandai-je, agacée par ces révélations soudaines

- Que tu me l'achète. Tu ferais une bien meilleure propriétaire pour elle.

- Hein ? Mais...je n'ai pas l'argent !

- Quarante Mille euros." Déclara Nora

Mes paupières clignotaient, je devais choisir entre donner quarante mille euros (que je n'avais pas !) pour garder Demoiselle ou la laisser partir vers une carrière bien moins réjouissante.

"Trente mille." Proposai-je

Lucille observait la scène, étonnée.

"Trente huit. Dit Nora

- Trente quatre.

- Trente cinq.

- Va pour trente cinq."

Nora acquiesça et me salua ainsi que Lucille avant de s'éloigner.L ucille ouvrit de grands yeux :

"Mais...comment tu vas faire ? Trente cinq mille euros...pour une jument à peine à l'aise en saut !

- Je ne la laisserai pas partir."

À ce moment je me rendis compte de la difficulté dans laquelle je m'étais moi-même mise.

"Les acheteurs potentiels la veulent dans un mois, tu as juste ce mois pour trouver suffisamment d'argent... Comment veux-tu faire ? S'exclama Lucille

- Je n'en sais strictement rien." répondis-je, les yeux perdus dans le vague tandis que Solista tirait sur les rênes pour brouter l'herbe un peu plus loin.

N'hésitez pas à donner votre avis sur le chapitre ! Ça me fait super plaisir d'avoir vos retours !

CHAPITRE 10 | Léon, Ange-Gardien.

"Dis-moi, c'est une habitude chez toi de te foutre dans la merde ?

- Je commence à me demander si c'est pas ma spécialité...putain mais quelle abrutie !!" M'exclamai-je alors que je venais d'expliquer ma situation à Léon qui s'apprêtait à partir en ville

- Viens, je t'invite à prendre un verre si tu veux. Je peux pas te laisser dans cet état !

- Je veux bien...je vais en profiter pour me changer les idées..."

Léon m'attrape par les épaules et me conduit vers sa voiture. La mine déconfite et le sourire à l'envers, je passai tout le trajet à remuer mon cerveau dans tous les sens pour trouver un échappatoire.

"Je te jure, Nora avec sa tête à claque, elle me donne des envies de meurtre ! Soupirai-je

- Je comprends. Je n'ai jamais pu la sentir personnellement...je la connais depuis quelques années déjà."

La petite ville où vivait Léon était très agréable, un petit café nous attendait en coin de rue et j'étais très heureuse de pouvoir prendre l'air à l'écart des écuries.

"Tu vas pas me prendre pour un fou...si je te dis que je me suis un peu renseigné sur toi ? Demanda Léon en buvant une gorgée de café

- Je crois pas...répondis-je en souriant, curieuse

- Mes talents d'agent secret m'ont mené à voir que tu avais un super palmarès. Championne de France en club 1 et club élite deux années d'affilée, suivi de vice championne des cavalières de France, puis intégrée en équipe de France de CSO suite à ta brillante victoire au CSI* de Megève et au 1* à Chantilly...une super troisième place en équipe et cinquième place en individuel lors de ta première participation aux championnats d'Europe jeunes...et une victoire au barrage du CSI*** de la Baule...et je ne cite que le meilleur...

- Vu comme ça c'est un beau tableau de chasse ! Dis-je en riant doucement

- Et tu aurais du participer encore cette année aux championnats d'Europe.

- Vrai. Tu veux en venir où ? Demandai-je intriguée

- Je veux en venir au fait que je n'y connais pas grand chose en CSO contrairement à toi, mais que tu peux pas arrêter comme ça. C'est pas possible d'être allée si loin et de tout lâcher. J'aimerais vraiment pouvoir faire quelque chose.

- Tu as trente-cinq mille euros à me passer ? Dis-je avec ironie

- Non, mais j'ai peut-être quelque chose qui pourrait t'aider.

- Pourquoi tu veux absolument m'aider ?

- Je...je sais pas vraiment. Mais ce que je peux te proposer ce serait bon pour toi et pour ma sœur.

- Explique...

- Swazyk, ma sœur, vient de monter sa propre entreprise de publicité. Elle pourrait être intéressée par un sponsoring. Elle me l'avait proposé... mais tu en a plus besoin que moi je pense."

J'étais abasourdie, la proposition de Léon était un vrai miracle. Tout ça me semblait beaucoup trop beau pour être vrai. Sa sœur accepterait elle de sponsoriser une cavalière avec une jument blessée ? Et pourquoi Léon se sacrifiait-il ?

"Elle pourrait financer au moins vingt cinq mille euros...il en resterait dix mille à trouver.

- Et en échange je devrais seulement me charger des podiums ?

- Et lui faire de la pub."

L'échange me semblait ridicule. Elle me donnait vingt cinq mille euros et en échange j'avais seulement à monter à cheval en arborant des tapis de selle au nom de son entreprise ?

Mais après réflexion, ce n'était pas si simple. Demoiselle avait besoin de beaucoup travailler. Et il me fallait encore dix mille euros.

"Le projet t'intéresse ?

- Carrément ! M'exclamai je

- Super ! Je prends rendez-vous avec ma sœur alors ! Je te tiens au courant."

Je souriais bêtement, la situation me semblait tellement impossible !

"Qu'est-ce que je peux faire pour te remercier

- Quand tu gagneras toutes les compétitions, je compte sur toi pour ne pas m'oublier...ta reconnaissance me suffit." répondit Léon en affichant un immense sourire.

Après m'avoir ramené aux écuries, je me sentais tellement heureuse que j'avais oublié ma mission de trouver dix mille euros.

Ma première mission fut de me rendre au box de Demoiselle, celle-ci était allongée dans les copeaux, profitant de l'ombre de son box pour dormir tranquillement. Elle leva la tête lorsque j'ouvris la porte et se redressa. Elle manquait encore de confiance en moi pour me laisser l'approcher couchée. Sa patte ne touchait pas le sol mais le pansement était propre, j'étais confiante.

"Ma belle, si je continue à avoir ma bonne étoile tu vas bientôt être à moi. Je te promet que je ferai tout pour toi."

Elle avait cessé de vouloir me mordre dès que j'entrais dans son box, et je savais qu'avec le temps et les soins que je lui ferai elle perdrait ses mauvaises habitudes.

Les jours qui suivirent, j'étais encore aux anges. Lucille et Louis semblait enchantés de mon contrat de sponsoring. J'avais rendez-vous avec Swazyk deux jours plus tard. Je m'entendais de mieux en mieux avec Léon qui était heureux d'avoir trouvé une autre compagnie que Julia et Adam. Anaïs s'était révélée être une personne merveilleuse, elle m'avait demandé de la coacher pour certains cours de saut et de l'accompagner à l'un de ses concours à la fin de la semaine puisque Lucille devait s'absenter. Je passais toutes mes journées près de Demoiselle à lui apprendre le respect à l'attache et à la faire marcher en longe dans le cross. Édouard était toujours aussi sympathique, quoiqu'un peu distant, il me semblait que la fille que je voyais parfois au bord de la piscine était sa nouvelle copine. Je croisais rarement Adam et Julia et je m'en portai plutôt bien. Mes parents avaient prévu de passer la semaine suivante au Haras du Lac.

Mais malgré tout, il me fallait encore dix mille euros.

Je suis vraiment désolée du temps de publication, j'ai écris ce chapitre en à peine une heure, je suis très inspirée pour cette histoire et j'avoue que tout me vient au fur et à mesure ! J'ai reçu des commentaires très positifs de votre part, vous êtes vraiment adorables, les commentaires me font vraiment très plaisir ! Je vais tenter d'être plus présente ces vacances ! Continuez à commenter, voter et à me donner vos avis et vos réactions !

CHAPITRE 11 |
Rencontre dans l'ombre.

L e samedi soir, nous étions au restaurant avec toute la famille Tousset pour fêter mon nouveau contrat de sponsoring. Les coupes de champagne s'entrechoquaient tandis que je retrouvai un semblant d'espoir pour ma carrière. Mais il me restait beaucoup de travail, j'allais reprendre quelques concours avec Solista pour ne pas perdre l'habitude et une fois que Demoiselle serait prête, tout irait pour le mieux.

Swazyk m'avait merveilleusement bien accueillie dans les bureaux de sa nouvelle entreprise. Elle ne ressemblait étrangement pas du tout à son frère Léon. Elle était très grande, maigre, blonde aux yeux quasiment transparents. Son accent polonais marquait sa récente venue en France, contrairement à Léon arrivé depuis longtemps sur le territoire. On avait ainsi convenu l'avance de vingt cinq mille euros pour l'achat de Demoiselle, j'en rembourserai douze mille au fur et à mesure et en échange je mettais la marque en avant.

Tout me semblait désormais réalisable et je n'avais qu'une hâte : reprendre le travail de Demoiselle. Il lui restait encore trois semaines de repos, en attendant j'allais progresser avec Solista.

Le dimanche, j'avais accompagné Anaïs à un concours de saut où Lucille ne pouvait pas se rendre. J'avais ainsi coaché sa détente et débriefé son tour. Elle avait fait une faute sur le dixième obstacle mais elle avait réalisé un bon chrono pour son premier tour en amateur 2.

Elle semblait ravie de cette journée, et moi aussi par la même occasion. J'étais heureuse d'avoir fait la connaissance d'une cavalière sympa et qui montait en saut et en complet !

De retour au Haras du Lac, le soleil brillait toujours. Anaïs venait de rentrer chez elle, les écuries étaient silencieuses. Je m'étais assise sur un sac de grain face au box de Demoiselle, à l'intérieur du bâtiment, histoire d'être à l'ombre et de pouvoir actualiser mon compte Instagram sans être gênée par la luminosité du soleil de fin d'après midi.

Un bruit vers l'entrée me fit sursauter. Quelqu'un arrivait. Cette écurie ne comprenait actuellement que trois chevaux et seuls les propriétaires de ces derniers y avaient accès. Anaïs était partie depuis vingt minutes, ça ne pouvait donc pas être elle. Un employé du haras ? María ?

Dans l'entrebâillement de la porte je pu distinguer la grande silhouette élancée d'Adam avec son chariot.

Mon agacement devait se voir à des kilomètres et l'idée que ce mec soit dans la même écurie que moi me déprimait.

"Oh Violette ! Qu'est-ce que tu fous dans le noir ?

- Rien, je me reposais.

- C'est sûr que c'est crevant de s'occuper d'une jument blessée.

- Pour info, j'ai coaché Anaïs toute la journée en concours. Je viens
à peine de rentrer."

Adam avait la tête parfaite du fils à maman avec son pantalon
beige, même en entraînement, sa stature hautaine et sa (trop) grande
confiance en lui. Il était loin d'être bête et malheureusement il le
savait. Il s'éloigna jusqu'à la sellerie avec son matériel impeccablement
rangé sur le chariot. Il revint quelques minutes plus tard tandis que
j'avais repris mon activité de geek sur mon téléphone.

"Au fait, Édouard t'as quitté pour la fille brune ?

- On n'a jamais été ensemble.

- C'est pas ce qui se dit aux écuries.

- Parce que toi maintenant tu écoutes les rumeurs ? Tu te souviens
de la fois où t'as été accusé de vol à tort ? Rétorquai-je

- C'est difficile à oublier.

- C'était pourtant qu'une simple rumeur qui a failli te détruire.
Alors maintenant si tu pouvais te concentrer sur ta gueule et simplement ta gueule ce serait franchement cool." Dis-je agacée

Je me levai et pris la direction de la sortie. Adam avait l'art de
m'agacer plus vite que tout le monde. Mais les histoires de notre passé
en étaient sans doute la cause.

Il me rattrapa par l'épaule en fronçant les sourcils :

"Quand tu auras fini de penser que tous les gens que tu n'aime
plus sont des cons peut-être que tu pourras enfin avoir une relation
normale avec quelqu'un." M'expliqua sèchement Adam.

Je restais bouche bée.

Adam avait été un ami très important il y a quelques années de cela, un ami de concours, de galères et de victoires. Mais aujourd'hui cette relation c'était du passé, on avait coupé tout contact, du moins c'est ce que je croyais jusqu'à maintenant.

Le cavalier me regardait droit dans les yeux. Je retrouvais tout mon état d'esprit de nos années poney, de nos championnats à Lamotte, de nos disputes passagères et...de ce que je ressentais pour lui à cette époque.

"A..Adam...je...je sais pas quoi te dire en vérité. Je comprends ce que tu peux ressentir mais je peux pas effacer mes actes."

J'étais totalement bouleversée par cette discussion rapide mais expressive. J'avais effacé de ma mémoire directe tous ces moments passés avec lui. La fin de notre amitié avait été tellement soudaine et imprévue que j'en avais gardé que quelques souvenirs enfouis dans mon esprit. Je me dégageai de l'emprise de son bras et m'éclipsai vers la maison de la famille Tousset.

La piscine était occupée par Édouard, la fameuse brune, Julia et Pauline, que j'avais déjà rencontré lors du premier cours de dressage à mon arrivée.Cette dernière me fit un chaleureux coucou de la main et Édouard fit de même en me voyant et m'invita à les rejoindre. La brune et Julia me jetèrent un regard rapide mais lourd de sous entendus. Je changeai mes affaires de la journée en toute vitesse pour mettre un maillot de bain et rejoindre le groupe à la piscine.

Julia ne daigna pas lever les yeux à mon arrivée et m'ignora tout simplement, ne prenant même pas la peine d'ôter son sac du dernier transat inoccupé.

"Excuse moi Julia, je peux enlever ton sac et m'installer là ?" demandai-je en désignant la place à côté d'elle, espérant enterrer la hache de guerre.

"Adam doit venir, c'est sa place habituelle," répondit-elle, les yeux rivés sur son téléphone

Je levais les yeux au ciel, j'avais l'irrésistible envie d'attraper ses longs cheveux roux pour la tirer dans la piscine et l'y noyer en silence.

Édouard me proposa gentiment sa place que je refusais par politesse. Au même moment sa "copine-brune" me jeta un regard noir de jalousie.

"Non c'est bon. Je vais juste me baigner vite fait et rentrer je crois."

Je me jetai à l'eau et lorsque je rouvris les yeux à la surface, Adam venait d'arriver et s'apprêtait à me rejoindre dans la piscine sous le regard sombre et méfiant de Julia.

Et rien que pour la rendre encore plus jalouse et agacée je secouais mes cheveux en sortant de l'eau d'une manière très "m'as tu vu" et m'installai élégamment sur ma serviette, sous les regards très attentifs et assez peu discrets d'Édouard et Adam et les visages jaloux et renfrognés de Julia et de la "copine-brune".

Après tout, être en couple ne m'intéressait pas pour le moment, mais l'ambition de faire bouillir Julia de jalousie me tentait tout particulièrement...

Julia et Adam sont de retour !

D'après vous, quelles raisons ont poussé Violette à couper les ponts avec Adam il y a quelques années ?

Comment va pouvoir réagir Julia face au nouveau comportement de Violette ?

Qui est cette mystérieuse brune qui se fait connaître sous le rôle de la copine d'Édouard ?

N'hésitez vraiment pas à donner votre avis sur l'histoire, les personnages, vos pronostics pour la suite... Ça me fait tellement plaisir de lire vos commentaires et ça m'encourage vraiment à continuer ! ❤

En attendant, il nous reste dix mille euros à trouver pour aider Violette à acheter Demoiselle ! L'avenir réserve encore de très nombreuses surprises !!!

CHAPITRE 12 | Promesse d'avenir.

Mes parents étaient un peu en retard ce matin-là, ils allaient passer la journée au haras et répartiraient le lendemain. J'avais tant parlé de Demoiselles à mon père que je l'avais pansé toute la matinée pour la mettre sous son meilleur profil. María avait changé son pansement, elle avait la robe luisante.

Elle avait encore un peu de mal à ne pas bouger à l'attache, mais elle mordait moins, il fallait néanmoins qu'elle fasse plus confiance pour donner correctement ses sabots.Ces derniers étaient longs et le parage était plus que recommandé ! Guillaume, l'autre palefrenier était qualifié en la matière et m'avait assuré qu'il s'en occuperait.

Une présence dans mon dos me fit sursauter, je me retournai vivement pour tomber en tête à tête avec Édouard.

"Qu'est-ce qu'il t'arrive ?

- Bonjour à toi aussi ! S'exclame t-il

- Pardon, j'avais l'esprit ailleurs... Mes parents sont arrivés ?

- Non, ils ont prévenu mon père qu'ils seraient là dans une demi heure.

- Alors pourquoi tu es venu ?

- Je te dérange tant que ça ?

- Non, pas du tout.

- Je voulais juste passer te voir."

Je souris doucement en haussant discrètement les sourcils

"Ta copine n'a pas voulu rester hier ?"

Je me maudis instantanément d'avoir posé cette question, je n'étais pas comme ça. Je ne suis pas du genre à me mêler de ce qui ne me regarde pas.

"Carla ?

- J'en sais rien, la brune de la piscine hier.

- C'est pas ma copine. Elle aimerait l'être. Mais j'en ai pas vraiment envie."

Je continuais à caresser l'encolure de Demoiselle qui observait la scène avec attention.

Édouard se tourna soudain vers moi :

"En fait je suis venu te poser une question.

- Je t'écoute.

- C'est quoi cette histoire avec Adam ?

- Quelle histoire ? Demandai-je, réellement étonnée

- D'après Julia, tu l'aurais dragué. Je croyais que tu ne pouvais pas le supporter.

- Tu vas vraiment croire une fois de plus les conneries de cette fille ? C'est la deuxième fois que je suis la cible de rumeur. La première c'était quand j'étais soi disant en couple avec toi. C'était faux. La deuxième rumeur est fausse aussi.

- Tu passes un peu pour la fille facile, non ? Méfie toi de Julia.

- Je passe pour ce que je ne suis pas. Adam c'est de l'histoire anci-enne, et toi...oh j'en sais rien, tu me saoules avec tes questions." dis-je, agacée, en balançant un bouchon dans ma malle.

Demoiselle restait stoïque et nous observait fixement.

J'étais sur les nerfs, j'en avais marre d'être la cible de rumeur in-fondée depuis que j'étais arrivée. Je n'avais plus aucun objectif de concours, c'était ce qui me motivait avant, maintenant il n'y a plus rien. Les larmes menaçaient de couler. Et voilà que je repensais aux dix mille euros qu'il me manquait pour l'achat de Demoiselle.Et les larmes ont coulé.

"Vous me faites chier, tous. Vous pouvez pas juste me foutre la paix, arrêter de vous inventer des histoires sur ma vie car vous êtes incapables d'en avoir une ?

- Violette, j'y suis pour rien dans ces histoires ! Je te dis juste ce que j'ai entendu.

- Si ça peut te faire plaisir, oui j'espère bien draguer Adam, pour faire rager Julia. Et sache aussi qu'elle est jalouse que je sois proche de toi, mais j'en suis ravie."

Édouard sembla choqué de mes révélations, j'étais tellement agacée et hors de moi que je continuai sur ma lancée :

"Tu veux savoir pourquoi je déteste tant Adam ? En épreuves poney, on était toujours ensembles, au point même qu'il a été la pre-mière personne que j'ai vraiment aimé. Mais le jour de nos derniers championnats de France poney à Lamotte, l'intégralité de ma malle d'affaires a été volée. Ma selle, mes filets, mes casques, absolument tout. Adam était le seul à y avoir accès. Il m'a promis que ce n'était pas lui. Je ne l'ai pas cru au début bien évidemment. Jusqu'à ce que j'apprenne des mois plus tard qu'il avait donné les clés à une fille qu'il avait rencontré. Il m'avait donc trompé et volé indirectement l'équivalent de cinq mille euros de matériel."

Je soufflai et m'effondrai en larmes. Mon groupe d'amis me manquait tellement, mes chevaux, les concours et les podiums également et la moindre contrariété me braquait complètement.

Édouard s'approcha pour me prendre dans ses bras :

"Je suis fatiguée, j'en ai tellement marre..." chuchotai-je

Il restait silencieux et me serra encore plus fort.

"Julia et Adam sont à rayer de tes fréquentations, mais tu sais qu'il y a Léon et Anaïs qui t'aiment beaucoup...et moi aussi."

Toujours blottie dans les bras du jeune homme je séchais mes larmes et j'eus un petit rire lorsque je sentis le museau de Demoiselle dans mon dos.

Une dizaine de minutes plus tard, j'entendis la voix de mon père et celle de Louis se rapprocher. Édouard était resté pour m'aider à panser Demy et à enlever l'épaisseur de sa crinière en bataille.

Mon père se jeta dans mes bras et je fis de même, nous n'avions pas besoin de mots pour nous comprendre. J'avais toujours eu une excellente relation avec mon père, plus qu'avec ma mère.

"C'est donc elle la fameuse Demoiselle ?

- Exact." répondis-je avec un sourire rayonnant en présentant ma jument.

Il fit le tour de Demy, inspectant sa tête, ses membres, son dos et sa posture. Il y a deux semaines de cela, il aurait été impossible de pouvoir s'en occuper comme aujourd'hui. Mais j'avais passé telle- ment d'heures avec elle depuis notre rencontre qu'elle commençait à prendre confiance.

Mon père était en pleine réflexion, il avait la tête de quelqu'un qui s'apprêtait à faire une annonce.

"Tu en penses quoi de cette merveille ? Demanda Louis à mon père en désignant Demoiselle.

- Je pense que ma fille a toujours le don de trouver les chevaux les plus dingues et de les rendre complètement dociles. Elle a toujours choisi ses chevaux avec le cœur, je n'ai aucun doute sur cette nouvelle jument. Elle est bien formée, avec du travail elle peut-être encore plus équilibrée. J'ai confiance." Répondit mon père avec sérieux.

Louis me regarda en souriant, il était confiant lui aussi. Ils étaient confiants tous les deux.

"Papa, ne te réjouis pas trop vite non plus. J'ai réussi à obtenir une partie de la somme pour l'acheter, mais il me manque dix mille euros.

- Ma chérie, tu as largement les capacités de faire tes preuves et de trouver l'argent que tu veux.

- D'autant plus que j'ai une bonne nouvelle pour toi." Dit soudain Louis

Je haussai les sourcils, surprise.

"Nora m'a proposé que tu travailles la jument jusqu'à ce qu'elle soit prête pour les concours. Et après tu décideras de l'achat ou non."

J'étais tellement surprise que pour la deuxième fois en moins d'une heure j'ai failli verser des larmes.

"Et j'ai une autre bonne nouvelle, comme tu le sais la semaine prochaine on organise un CSO aux écuries, Lucille t'a inscrite avec Solista en pro 2. Et la semaine après ce concours, Demoiselle sera prête pour travailler."

Voilà que l'avenir commençait à devenir plus accueillant ! J'allais enfin pouvoir reprendre le travail !

Quelles surprises attendent encore Violette ?

CHAPITRE 13 | Les miracles de Solista.

La semaine avait filé à une allure vertigineuse. Je m'étais entraînée avec Solista tous les jours sur le plat, en trotting et en décontraction. Il était donc actuellement sept heures du matin, j'étais réveillée depuis déjà un moment. L'épreuve de pro 2 se tenait à quinze heures, avec un barrage. J'avais confiance en Solista, les barres seraient à un mètre trente, j'avais l'habitude.

Je respirais profondément et descendis rejoindre la famille Tousset qui faisait un débriefing du programme dans le salon. Louis et Lucille m'accueillirent avec un grand sourire, Édouard semblait être encore dans un coma post-sommeil et me remarqua trente secondes après mon arrivée. Notre relation était ambiguë, on était très proche et très distant à la fois.

"Tu veux du café ou du thé ? Me demanda Lucille depuis la cuisine
- Un café s'il te plaît !" Répondis-je énergiquement.

Louis m'expliqua rapidement le programme de la matinée. Il fallait commencer par monter le parcours de l'amateur 4 et celui du paddock de détente. Guillaume s'occupait déjà de l'accueil des cavaliers qui étaient attendus pour la première épreuve à neuf heures.

Nous prîmes notre petit déjeuner en vitesse et Édouard et moi fûmes de corvée pour monter le paddock de détente.

La partie du haras était déserte tandis que le centre équestre commençait à se remplir de cavaliers et d'accompagnants. Le soleil se levait doucement.

Nous installâmes un oxer et un vertical au centre de la carrière à quatre vingt dix centimètres pour le moment. Je m'occupais ensuite de l'affichage de l'ordre de passage des dossards à l'entrée du paddock. Édouard m'attendait à l'opposé de la carrière, à l'orée de la forêt.

"On a terminé ? Demandai-je

- Oui. Maintenant suis-moi j'ai quelque chose à te dire."

Curieuse, je le suivis à travers les arbres qui longeaient la carrière et après avoir pris une dizaine de branches dans le visage j'arrivai dans une partie du terrain de cross, non loin du petit gué. L'endroit était désert et silencieux, le bruit de l'agitation du concours s'étant estompé grâce à la forêt.

Édouard s'arrêta à côté d'un immense saule dont les branches retombaient dans l'eau. Les rayons de lumière du soleil levant filtraient à travers les feuilles, donnant un aspect quasiment irréel à la scène.

"C'est beau ici. Dis-je simplement, en admirant une petite grenouille sur un rocher

- C'est vrai.

- C'est très calme aussi.

- C'est pour ça que je t'ai amené là."

Je regardai soudain Édouard, détachant mon regard de celui du petit amphibien.

"Tu as quelque chose à me dire ? Demandai-je

- Peut-être bien. J'ai pleins de choses à te dire.

- Dis vite ! Je déteste le suspens...dis-je en souriant doucement

- Je vais d'abord te dire une seule chose car je pense que c'est le bon moment.

- Dis-moi. Je t'écoute." Répondis-je plus sérieusement

La lumière du soleil éclairait les yeux noisettes du jeune homme, m'obligeant ainsi à le regarder fixement. Je m'attendais à absolument toute sorte de déclaration mais sûrement pas à ça :

"Je te promet que je vais t'aider."

Je ne comprenais pas exactement là où il voulait en venir.

"C'est à dire ?

- Tu n'as pas besoin d'en savoir plus pour le moment... Mais je vais t'aider avec Demoiselle."

Je ne posais pas de question, il semblait vraiment sincère et voulait sans doute protéger un secret difficile à avouer.

"Je te fais confiance alors", dis-je en souriant doucement.

Édouard sourit discrètement à son tour, j'étais perturbée par cette scène qui ressemblait fort à un rendez-vous mystérieux. Si quelqu'un nous voyait là, en particulier une certaine Julia, je craignais à nouveau qu'une rumeur me concernant se diffuse aux écuries. Et j'avais le pressentiment que nous n'étions pas que tous les deux aux alentours.

Mon pressentiment devint alors une certitude lorsque je vis un flash et que j'entendis du bruit dans la forêt derrière moi.

"Bordel, qui est là ?" S'agaça Édouard

Mais sans poser la question, il le savait déjà.

"C'est Julia bien évidemment. Je venais souvent par ici avec elle quand nous étions ensemble. Elle doit venir ici avec Adam pour.. .bref tu as compris.

- Elle a vraiment dix-huit ans ? Non parce que pour venir prendre en photo son ex et se cacher dans la forêt il faut être vraiment immature.

- Elle est simplement jalouse. Ça va pas chercher plus loin. Je suis désolé qu'elle s'acharne autant sur toi." Me dit Édouard

À quinze heures, je venais de terminer la reconnaissance du parcours, j'étais dossard 6 sur 13 et je finissais ma détente alors que le quatrième concurrent terminait son tour avec quatre points de pénalité. Le cinquième s'élançait et j'attendais qu'il franchisse le sixième obstacle pour entrer en piste. J'aperçus à l'autre bout de la carrière de détente, Adam et Mont-Blanc qui préparaient leur passage avec le dossard 12.Solista avait réalisé une détente parfaite, avec un bon galop et aucune barre.La cloche marquant le début de mon passage retentit. Solista enclencha un galop équilibré et arrondit. Le premier obstacle, un vertical bleu et blanc fut passé avec une facilité déconcertante. La jument était à l'aise en saut et surtout, elle se régalait à voler au-dessus des barres. Nous étions en accord l'une et l'autre, sur la même longueur d'onde. Le parcours fila à une allure vertigineuse, sous les applaudissements du public et de la famille Tousset je venais de terminer sans faute et dans le temps, me classant première au provisoire. Je jubilais, j'avais perdu ma confiance en moi et voilà que je la retrouvai à chaque foulée de galop.Il me restait l'épreuve du barrage, mais qu'importe, j'avais brillé dans ce tour avec Solista et je gardai le sourire jusqu'à la sortie.

Nous n'étions que quatre cavaliers à avoir réalisé un sans fautes, y compris Adam. Nous étions donc prêts à nous élancer sur le barrage. Je passais en troisième position. Une fois sur la piste, Solista s'élança à nouveau, mais cette fois avec plus de vitesse que sur le premier parcours. Il y avait cinq obstacles à franchir le plus rapidement possible. Une fois de plus, j'eus cette impression de voler au-delà des barres à une vitesse folle. J'étais tellement lancée que je choisis l'option risquée de tourner court après le double pour aborder le cinquième obstacle. J'avais conscience de la difficulté de la manœuvre, j'étais la seule jusque là à l'avoir osé, mais Solista ne broncha pas et fit un quasi demi tour sur elle-même pour se propulser, ventre à terre vers l'oxer final. Ses antérieurs se décollèrent et ses postérieurs nous propulsèrent au-dessus de l'obstacle en mettant une marge d'une vingtaine de centimètres. Lorsqu'elle toucha le sol je brandis mon poing dans le ciel, un immense sourire sur mon visage. J'avais l'impression que tout était possible désormais, que je ne douterai plus jamais de moi, ni de Demoiselle et que dans quelques mois, ce serait elle à la place de Solista.

Lucille me félicita à la sortie du terrain, elle était sans doute aussi heureuse que moi :

"Tu m'as bluffé ! Tu es magnifique avec Soli', l'option était à couper le souffle !"

J'étais aux anges, et c'est sans grande surprise que je montais sur la première marche du podium, suivi de Adam sur la deuxième.

C'était le début d'une nouvelle histoire, et elle venait juste de commencer.

Un beau parcours pour Violette qui a su reprendre confiance ! Vos avis ? (Qui comptent toujours autant pour moi aha et pour la progression de l'histoire !)

Dès le prochain chapitre, Violette va retrouver Demoiselle...pour le début de leur nouvelle vie ! Avec toujours autant de rebondissements si ce n'est plus !

Julia toujours dans les parages, bientôt le retour de Léon, quelques rapprochements toujours ambiguës avec Édouard et Adam qui fait son grand retour dans la vie de Violette, Anaïs qui a de nombreux problèmes, et d'autres encore ! J'ai hâte de vous présenter la suite !!

❤

CHAPITRE 14 | Mise sur la main.

Après avoir passé un soirée cavalière la veille au village le plus proche, je me réveillais difficilement mais avec une motivation sans faille : aujourd'hui Demoiselle allait reprendre le travail avec moi.

Louis m'avait prévu un cours particulier à dix heures de dressage, histoire de reprendre sur de bonnes bases.

"Tu aurais pu choisir une tenue plus classe pour ton premier shooting photo avec Demoiselle ! S'exclama Édouard amusé, un appareil photo à la main quand il me vit descendre de ma chambre

- J'ai prévu de travailler les allures, pas de faire un shooting...répo ndis-je à moitié réveillée.

- Et moi j'ai promis d'aider un ami pour un déménagement mais je voulais trouver une excuse pour m'échapper."

Je levais les yeux au ciel amusée :

"Bon ok, je vais me changer. Fais-moi un café s'il te plaît."

J'optais alors pour une tenue aux couleurs de mes anciens sponsors : pantalon beige et polo noir de chez Horse Pilot, bottes en cuir noir de chez Animo et une Miss Shield noire brillante.

"Ah bah voilà ! Tu es plus jolie dans cette tenue qu'avec ton pantalon décoloré et ton polo dégueulasse.." Me fit remarquer Édouard avec un sourire

J'avalai mon café d'un seul trait et fit signe à Édouard de me suivre voir Demy.

La jument mangeait tranquillement son foin dans son box.

"Salut ma belle" dis-je en ouvrant la porte.

Elle avait l'habitude de ma présence désormais. Depuis sa mise en repos, je la sortais régulièrement en longe et passais du temps à la panser. Une fois sortie du box à l'aide de son licol en cuir verni noir, je commençais à enlever les poils morts sur sa robe et à la brosser jusqu'à obtenir un pelage brillant et des crins soyeux. Dès lors que je sortis la selle de sa housse, la jument se braqua et fit un écart. Édouard s'approcha pour la rassurer et je lui fit sentir le cuir et le tapis noir.

Après une dizaine de minutes de désensibilisation, je parvins finalement à sangler Demoiselle après avoir manqué une morsure de peu. Il restait encore du travail...Le filet était un autre problème, elle craignait qu'on lui touche les oreilles, mais elle accepta le mors sans problème et après avoir branché le collier de chasse il ne restait plus que les protections à poser. Sa blessure étant encore visible et argilée, je mis une gaze avant de poser la bande de travail.

Je soupirais avant de mettre mon casque, le jour J était arrivé, j'étais heureuse et stressée à la fois.

"Respire, ça va bien se passer." Dit Édouard en me prenant par les épaules.

Je le regardai dans les yeux, nous étions proches, très proches. Il s'en rendit compte également et enleva son bras avant de s'éloigner, gêné.

Je pris les rênes de Demoiselle en silence et ressanglai avec quelques difficultés avant de monter sur la jument. Celle-ci redressa les oreilles, étonnée de sentir quelqu'un sur son dos. Je me dirigeai vers la carrière de dressage avec un pas déterminé.Louis nous attendait sur le bord de la piste et me fit signe de m'approcher de lui :

"Coucou Violette, tu n'as pas eu de problème à l'attache avec Demoiselle ?

- Elle a encore hésité pour la selle et le filet mais sinon ça va.

- Ok, on travaillera sur ça. Pour ce matin, comme elle doit avoir du jus on va bosser tranquillement sur les trois allures pour voir ce que ça donne. Je te laisse détendre en essayant de l'avoir sur la main."

J'étais prête et Demoiselle l'était aussi. Édouard s'était posté à l'entrée de la carrière avec son appareil photo. J'évitais son regard à tout prix. J'étais encore perdue dans mon esprit et ne savait quoi penser de nos rapprochements.

Je mis Demoiselle sur la piste, la jument gardait la tête haute malgré mes cercles. Elle n'avait qu'une envie : galoper. Je ne cessai de lui parler, de la rassurer après ses écarts.

Dès qu'elle commençait à se poser sur son mors, le moindre mouvement sur le côté lui relevait la tête. Je préférai alors travailler sur un cercle à l'intérieur pour m'éloigner de la piste. Elle fut immédiatement plus concentrée et se posa rapidement dans ma main lorsque je pris le travail au trot enlevé. Elle était correctement incurvée, souple dans sa bouche, les postérieurs bien engagés.Louis semblait approuver notre travail, je voyais un sourire se dessiner sur son visage. J'entendais quelque fois le *clic* de l'appareil photo.

"Allez, on va commencer le travail au galop, reviens sur la piste !"

Je suivis les ordres et Demoiselle démarra immédiatement au galop. Je repris le contrôle au trot, au pas et à l'arrêt. Puis je demandai le galop. La jument obtempéra, et malgré son envie d'accélérer, elle accepta mes demandes et ralentit et accéléra à mes demandes. Après plusieurs cercles et changements de pied, elle se posa dans son mors et engagea ses postérieurs naturellement sous la main. J'obtenais ainsi un travail rond et souple. Demy avait un très bon galop, rapide et aérien. Elle fit un petit écart en passant devant Édouard mais après l'avoir recadré elle ne broncha plus.

En repassant au pas, je vis l'immense sourire de Louis en bord de piste.

"Merveilleux !" s'exclama t-il alors que je le rejoignai.

J'avais également un visage ravi, et félicitai ma jument pour ce beau travail. Je retrouvai d'incroyables sensations.

"Je pense que ça suffit pour aujourd'hui, je te laisse faire un tour tranquillement. Demain Lucille te fera un cours de saut."

Je sortis de la carrière, rênes longues. La jument était un peu essoufflée malgré tout. Il fallait travailler son cardio et son endurance. Le petit tour du cross, en passant vers le gué était toujours aussi beau et ombragé et j'en profitai pour rester au pas et souffler.

En rentrant, je trouvai Anaïs qui nettoyait son matériel devant le box d'Arsenic.

"Salut !" lui lançai-je jovialement

Elle releva les yeux, rougis par les larmes :

"Oh Violette ! Ça s'est bien passé avec Demoiselle ?

- Très bien ! Et toi qu'est-ce qu'il t'arrive ?" Demandai-je en mettant pied à terre.

Elle hésite à me répondre en jouant avec l'ouverture de sécurité de ses étriers FreeJump :

"Tu vas me prendre pour une gamine.

- Non je t'assure que tu peux me le dire. dis-je en enlevant le filet de Demoiselles en faisant attention à ses oreilles.

- C'est Julia. Elle m'a envoyé une photo."

Je fronce les sourcils, si il y avait du Julia dans l'histoire, je craignais le pire. Anaïs me regarda franchement :

"J'ai pas l'habitude d'être aussi franche. Mais est-ce que tu sors avec Édouard ?"

Je levai les yeux au ciel en attachant Demoiselle en licol.

"C'est à la mode de vouloir à tout prix me mettre en couple avec lui ? Demandai-je agacée

- Julia m'a envoyé la photo où vous étiez ensemble hier au concours.

- Oui on était ensemble. Mais je sors pas avec lui. Et même dans l'hypothèse où ce serait le cas, qu'est-ce que ça fait ?"

Tandis que je remettais la selle de Demoiselle dans la housse, je repensais à la conversation que j'avais eu avec Anaïs il y a quelques temps :

"Ah. Tu l'aimes encore ? Demandai-je

- Oui." répondit-elle en baissant les yeux.

Effectivement, j'avais l'impression d'avoir à faire à des histoires de collégiens. Je n'ai jamais eu les paroles pour consoler, encore moins quand je suis impliquée dans le problème.

"Il faudrait que tu ailles lui parler. Il serait temps de lui dire ce que tu penses." proposai-je

Après avoir brossé Demoiselle, je la remis au box avec quelques carottes en guise de récompense.

J'allais aider Anaïs à ranger ses affaires lorsque je vis Édouard arriver, avec un immense sourire :

"J'ai fait de super photos de toi ! Tu vas être contente !" s'exclama t-il en s'approchant pour me montrer les dîtes photos.

Il ne lança qu'un bref bonjour à Anaïs. Cette dernière me regarda avec détresse. Rarement je m'étais sentie aussi gênée mais je me devais de faire quelque chose pour elle :

"Édouard, je crois qu'Anaïs aimerait te parler."

Le jeune blond releva les yeux de son appareil photo et regarda Anaïs, devenue toute rouge.

Elle allait sans doute me détester quelques temps, mais j'avais fait mon possible.

Je m'éloignais un peu pour les laisser tranquille, retournant voir Demoiselle. Cette dernière cherchait dans son foin un petit bout de carotte qu'elle avait perdu. Je l'aidais à le retrouver, il avait glissé sous la porte du box.

"C'est quoi ce délire ? Dit une voix derrière moi quelques minutes plus tard.

- Où est Anaïs ? Demandai-je à Édouard qui était revenu en cherchant mon amie des yeux.

- Elle est partie directement après m'avoir parlé.

- Alors ? Elle t'as dit quoi ?

- Un délire qu'elle m'aimait depuis deux ans...dit-il en s'accoudant sur la porte du box tandis que je gratouillais l'encolure de ma jument.

- Et tu as répondu quoi ?

- Que c'était pas mon cas."

Je le regardai, stupéfaite :

"Tu lui a pas dit ça quand même ?

- Non je déconne. Je lui ai dit que je la connaissais pas suffisamment et qu'elle pouvait venir me parler quand elle voulait.

- Et tu penses qu'elle a ses chances ? Demandai-je curieuse

- Toi, tu te verrais sortir avec quelqu'un alors que tu aimes une autre personne ?"

NOUVELLE PHOTO DE LA VRAIE DEMOISELLE QUI M'A LARGEMENT INSPIRÉ POUR CELLE DU LIVRE !

Alors ce chapitre ?

Quels sont vos personnages favoris ?

Vos avis sont toujours aussi importants pour moi

Les choses vont devenir bientôt très intéressantes pour nos Demoiselles ! ❤

CHAPITRE 15 | Les émotions en chaîne.

La journée avait été éprouvante. Déjà la sortie de Demoiselle, puis la déclaration que m'avait faite Édouard et enfin l'appel de Léon.

Pour Édouard, je n'avais pas accepté de sortir avec lui. Peut-être car la seule fille au tempérament potable de cette écurie l'aimait encore et que je ne voulais pas me la mettre à dos. Peut-être aussi parce que je ne me sentais pas d'annoncer à mes parents que je sortais avec le fils de leurs meilleurs amis. Ou alors simplement que je n'étais pas sûre de mes sentiments envers lui.

Pour le dernier point, Léon m'avait appelé en fin d'après midi, en panique totale. Son jeune cheval avait cabré et s'était retourné dans son pré. Il hésitait à le signaler à Louis et m'avait fait venir en urgence pour que je vérifie si il n'y avait aucune blessure qu'il n'aurait pas remarqué.

"Non tout va bien. Il n'a rien de déplacé, dis-je en examinant le dos du cheval

- Je peux te poser une question ?

- Bien sûr !

- Tu veux bien accepter mon invitation au resto ce soir ? Demanda t-il en hésitant

- Quelle invitation ?

- Celle que je vais te faire."

Je rigolais amusée par la manière dont Léon amenait les choses :

"J'aimerais t'inviter à manger en ville.

- Je prends ça comme une invitation amicale ou une invitation d'un autre genre ?

- Amicale ! Avec moi toutes les invitations que je te ferai seront entièrement amicales. Je sais pas si tu le sais, mais je suis gay. Alors je peux pas t'inviter de manière amoureuse puisque tu es une fille, mais moi je suis un gars qui aime les autres gars et....

- C'est bon Léon. Pas besoin de te justifier ! Dis-je en riant devant le discours hésitant de mon ami

- Tu m'en veux pas ? D'être gay ? De ne pas t'inviter de manière plus qu'amicale ?

- Bien sûr que non ! Je m'en fous que tu sois gay, bi, hétéro, que tu aimes l'automne plus que le printemps, que tu mettes du ketchup dans tes pâtes ou non, que tu préfères la tartiflette à la raclette...

- Quel rapport avec la tartiflette ? Demanda Léon en riant

- Aucune idée. À partir d'un certain moment de la journée, c'est mon ventre qui parle à la place de ma tête. Et oui, j'accepte ton invitation."

Léon semblait ravi que j'accepte et me pris dans ses bras :

"Ce câlin est purement amical ! Dit-il en rigolant

- T'es con ! Répondis-je amusée

- En vrai, je suis content que ça ne change rien pour toi."

La soirée au restaurant avait été super, Léon avait choisi un lieu très chaleureux où la cuisine était délicieuse. Je pu lui parler de mes histoires avec Julia, Édouard et Anaïs. Il me fit part à son tour des problèmes qu'il avait eu au début avec les cavaliers des écuries, en particulier avec Pauline et Anaïs qui avaient été apparemment pires que Julia il y a quelques années auparavant. J'étais heureuse d'avoir trouvé une personne à qui parler de manière neutre, et lui aussi semblait ravi.

Je passais la soirée à l'appartement du jeune homme et dormis sur le canapé. Le lendemain, nous arrivâmes ensemble au haras. J'avais convenu la séance de saut avec Lucille dans l'après-midi tandis que je prévoyais un trotting avec Solista en compagnie de Léon et son jeune cheval dans la matinée.

Mais dès mon arrivée je sentis que les choses n'allaient pas se passer comme prévu.

Un camion rouge, le gyrophare bleu sur le toit me fit l'effet d'un poids sur le cœur. Il était garé près de la carrière de saut du centre équestre. Il ne pouvait pas s'agir d'un élève du cours de Lucille puisqu'il n'y en avait pas le mardi matin. Peut-être un autre cavalier que je ne connaissais pas ?

"Léon ! Violette ! Mon Dieu ! S'écria Lucille en nous voyant sortir de la voiture.

- Qu'est-ce qu'il se passe ? Demanda Léon tandis que j'étais incapable d'ouvrir la bouche

- Il est tombé en plein parcours, sa jument l'a écrasé en glissant à la réception. Les pompiers l'ont amené dans le camion ils l'ont plongé en coma artificiel. Je comprends pas ce qu'il a pu se passer, disait Lucille en un souffle, sans reprendre sa respiration.

- Mais qui ?

- A...Adam !" Dit-elle en s'effondrant en larmes.

J'étais sous le choc. Le temps s'était arrêté, ma respiration se faisait lente, mon coeur accélérait, j'eus un immense frisson dans la colonne vertébrale et je pris mon appuie sur le capot du pick-up de Léon.

Un pompier vint vers nous, la mine sérieuse et s'adressa à Lucille :

"Vous êtes la responsable des écuries ?"

Elle répondit par un hochement de tête :

"Ce que je vais vous dire risque d'être difficile pour vous mais il faudra fermer la structure pendant une semaine. Le temps de faire quelques expertises. J'espère que vous comprenez.

- Bien sûr. Mon mari pourra toujours garder ses écuries ouvertes ?

- Si la société de votre centre équestre est différente de celle du haras de votre mari, alors oui. En attendant nous allons transférer monsieur De Pécha au CHU de Caen. Le pronostic vital n'est pas engagé pour le moment. Sans examen c'est difficile d'établir une analyse précise mais on peut déjà vous assurer qu'il ne s'agit pas d'un traumatisme crânien. Sa jument n'a pas de blessure à première vue mais je vous conseille malgré tout d'appeler votre vétérinaire."

Le pompier sourit doucement en signe d'encouragement :

"Vous serez informé de l'état de notre patient dès son entrée aux urgences."

Le camion rouge ne mit pas longtemps à repartir des écuries. Laissant un silence de plomb sur le parking.

Mont-Blanc avait été déplacée de la carrière et attachée à l'extérieur.

Léon fut chargé d'aller téléphoner à Louis qui s'était absenté la matinée avec Édouard pour annoncer la nouvelle de l'accident.

Lucille tremblait de terreur. Sa queue de cheval blonde tombait devant ses yeux rougis. Son visage était strié de mascara.

"Viens je te ramène à la maison, je vais m'occuper de Mont-Blanc après." Dis-je en me remettant doucement de mes émotions.

Elle ne prononça pas une seule phrase jusqu'à ce que je l'aide à s'asseoir sur le canapé et que je lui apporte un café, les mains tremblantes :

"Me...merci Violette"

Je souris doucement et retourna à l'aide de la petite voiturette de golf jusqu'à la carrière du centre équestre.

Mont-Blanc était agitée, stressée. Je vérifiais rapidement ses membres et ne constatait aucune blessure en apparence.Je pris le temps de lui ôter la selle et le filet et de la laisser libre à l'opposé de la carrière pour qu'elle puisse se déstresser

En me rendant dans la carrière, je compris immédiatement ce qu'il avait pu se passer : il y avait un double vertical suivi d'un oxer. Un plot très voyant avait du surprendre la jument sur sa gauche, elle avait probablement dérobé vers la droite, glissant sur une vieille barre d'obstacle en bois qui dépassait de l'extérieur Adam avait du percuter le chandelier en fer de l'oxer et sa jument était tombée sur lui.

J'étais fatiguée. Mes sentiments naviguaient de droite à gauche. Si le pronostic vital n'était pas engagé, Adam reviendrait sûrement vite parmis nous. Mais est-ce que ce sera comme avant ? Qu'il restera mon concurrent principal ? J'avais l'impression que l'époque poney était belle et bien révolue...que Adam et moi, tous les deux, sur le podium, se disputant la première place, c'était quelque chose qui n'aura plus jamais lieu. Comme des souvenirs enfermés dans une boîte dont on jetterait la clé.

Je sentis un souffle dans mon cou et relevai les yeux. Mont-Blanc de Hus se tenait derrière moi, la tête basse :

"Toi aussi tu l'aimais beaucoup en réalité..." dis-je en chuchotant à l'attention de la belle jument.

ENFIN LE NOUVEAU CHAPITRE !

Très fort en rebondissements...on risque d'en apprendre encore plus sur Adam et Édouard dans les chapitres à venir...et le travail de Demoiselle nous réserve aussi de belles surprises !

Donnez votre avis, ça me fait toujours autant plaisir de voir vos messages et vos réactions !

CHAPITRE 16 | Un nouveau cheval ?

L e premier jour, les visites étaient interdites. Le second et le troisième, seuls les proches pouvaient s'y rendre.Le quatrième jour alors, dès l'ouverture de l'hôpital, j'attendais dans la salle avec Louis qui m'avait accompagné.

Je n'avais jamais eu d'accident vraiment grave à cheval, aucune fracture à mon actif seulement quelques entorses. Et cela m'arrangeait particulièrement, j'avais horreur du secteur hospitalier et de l'ambiance pesante qui y régnait.

Nous pouvions être qu'un à la fois dans la pièce. En rentrant dans la chambre, j'eus un véritable choc. Des machines bippant à droite et à gauche. Du blanc immaculé en guise d'unique coloration.

Ce qui me frappa le plus ce fut toutes ces poches remplies de morphine et autres substances médicales assez étranges qui pendaient au-dessus du lit et qui se reliaient directement dans le corps du patient.

Adam était allongé là, les yeux clos. Il s'était réveillé de son coma artificiel la veille et dormait beaucoup. Le médecin avait confirmé qu'il ne s'agissait pas d'un accident très grave. Il n'aurait pas de séquelles majeures. En revanche il lui faudrait une longue rééducation. Sa colonne vertébrale avait été touchée et le chirurgien craignait surtout que la moelle osseuse soit endommagée mais ce n'était pas le cas grâce. Il avait au final "seulement" écopé d'une fracture du tibia et du bassin.

Je déposais sur une table une photo de notre époque poney où nous tenions tous les deux la médaille d'or des championnats poney élite où nous avions terminé premiers ex-aequo. Il saurait ainsi que j'étais passée lui rendre visite.

Mes sentiments étaient tellement mélangés que je me souvenais d'il y a quelques semaines où j'avais encore gardé énormément de rancœur envers lui et de maintenant où j'attendais son rétablissement avec impatience.

"Violette !!!" S'exclama une voix derrière moi tandis que je fermais la porte de la chambre 124.

Je me retournai brusquement et vis une femme d'une cinquantaine d'années, à l'allure très bourgeoise, ses cheveux châtains relevés en un chignon distingué et une tenue plus adaptée à un week-end à l'île d'Yeu qu'à une visite hospitalière.

"Cela fait tellement longtemps que l'on ne s'était pas vues !" Déclara la femme en me serrant dans ses bras.

Effectivement, je n'avais pas parlé à la mère d'Adam depuis mes derniers championnats poneys à Lamotte, soit il y'a quatre ans.

"Je suis tellement heureuse de te revoir ! Comment as-tu appris pour l'accident ?

- J'étais là quand les pompiers sont venus.

- Au Haras du Lac ?! S'exclama la dénommée Charline De Pécha.

- Oui...je suis là bas pour travailler une jument. Adam ne vous l'avait pas dit ?

- Oh tu sais Adam ne nous dit pas grand chose maintenant. Il a énormément changé depuis quelques temps. Je ne sais pas ce qui lui arrive. Et en plus cet accident qui me stresse énormément...je suis complètement dépassée par les évènements. Son père dont j'ai divorcé qui ne donne quasiment aucune nouvelle depuis qu'il a trouvé une nouvelle femme, mon travail qui me demande énormément de temps, et là vient se rajouter la contrainte d'avoir une jument de haut niveau à promouvoir dont mon fils est incapable de s'occuper pendant plusieurs semaines. Je ne sais plus quoi faire..."

Je regarde Charline avec compassion, je n'ai jamais été très douée pour trouver des mots de consolation.

"Concernant Mont-Blanc je peux me porter volontaire pour la travailler. Vous me connaissez et savez comment je m'entraîne avec les chevaux."

Charline n'hésita pas une seconde avant de me donner l'autorisation d'entraîner la jument Adam :

"Oh c'est formidable ! Contre rémunération bien entendu ! Je m'arrangerai avec Louis. Je passerai au Haras demain sans doute.

Une infirmière fit comprendre à Charline qu'elle devait lui parler et je la saluai afin de rejoindre Louis en vitesse.

Dès notre arrivée au Lac, ce dernier se dépêcha de se rendre aux écuries de dressage pour préparer son prochain cours.

J'en profitai pour rejoindre Demoiselle qui avait passé sa nuit au pré. Elle m'accueillie avec un long henissement et ne broncha presque pas lorsque je lui mis son licol en cuir.

La carrière du centre équestre étant interdite aux cours, elle était à ma disposition.

Demoiselle était très joyeuse ce matin, elle avança d'un pas franc jusqu'à la barre d'attache où je pu la préparer avec minutie. J'avais récupéré mon ancien matériel et je choisis pour la séance du jour un tapis aux couleurs des concours Longines, bleu et blanc. Le cuir noir contrastait parfaitement avec la robe de Demy. Ses protections Veredus, usées par les années, faisaient d'elle une véritable jument de saut. Elle s'était habituée à ma présence et acceptait de mieux en mieux le mors et le bonnet anti-bruit sur ses oreilles.

Voilà qu'était arrivée notre première vraie séance de saut en solitaire. Le parcours sur lequel Adam avait chuté avait été enlevé et j'avais pu créer le mien avec dix obstacles à soixante centimètres. Demoiselle était relativement concentrée à la détente. J'avais mis seulement un mors à aiguille tout simple. Malgré quelques tentatives de galoper au lieu de trotter elle était en place et bien dans ses mouvements.

Je sentais tous ses muscles se contracter à chaque foulée. Depuis qu'elle avait repris le travail, la métamorphose était bluffante. Je faisais beaucoup de plat et d'exercices d'assouplissements chaque jour.

Demoiselle n'était plus la même déjà, il restait encore beaucoup de travail mais nous étions sur la bonne voie.

Les premiers obstacles de détente furent passés avec souplesse. Demoiselle avait le don de me redonner le sourire. Elle mettait du cœur au travail malgré quelques imprécisions. Elle apprenait très vite et sautait avec envie.

Nous en étions donc à nous élancer sur notre premier parcours en solitaire. J'étais enfermée dans ma bulle, je ne vis même pas qu'Edouard et Leon s'étaient installés près de la carrière et me regardaient attentivement.

Dix obstacles au total. Un double et un triple et le dernier vertical à un mètre.

Demoiselle avait la cadence idéale et l'impulsion parfaite. Ses oreilles plaquées à l'avant lorsque nous approchions du premier saut. Parfait.Les suivants s'enchaînèrent avec brio. Il y a moins d'un mois, Demy aurait été incapable d'une réussite pareille. Mais elle avait ça dans les gènes. C'était évident.

Elle fit tomber une barre sur le septième obstacle, un oxer situé dans une zone d'ombre. Le dernier vertical fut franchi avec beaucoup plus de marge que prévu et malgré un léger taxi je pensais m'en être plutôt bien sortie !

Je félicitai avec grand bonheur ma jument qui marchait fièrement. La voix d'Edouard me fit sortir de ma bulle personnelle :

"Beau parcours ! Vous êtes sublimes ensemble !

- Je suis surtout contente d'elle... dis-je en désignant Demoiselle

- Papa a demandé à ce que tu montes Mont-Blanc pour un essai. La mère d'Adam a téléphoné pour donner son accord. Elle est dans son box, déjà prête."

Je sortis de la carrière avec un brin d'agacement. Je n'avais donc pas le temps de faire le tour du parc avec Demoiselle...tant pis.

Je confiais ma jument à Léon pour qu'il s'en occupe et rejoignis Mont-Blanc.

La jument attendait patiemment, presque endormie.

"Salut ma jolie." Dis-je en m'approchant.C'était une jument avec énormément de capacité et de force. En puissance elle avait atteint les un mètre soixante quinze avec Adam.

Je le vis rapidement en parcours. J'avais monté les côtes du parcours de Demoiselle à un mètre vingt. Mont-Blanc trouvait bien ses places, avait une bonne cadence.

Je craignais le passage du vertical six, à l'endroit exact de sa chute avec Adam. Malgré une petite hésitation, la jument s'élança avec bravoure et je pu terminer le parcours sans accroc. J'étais étonnée, plus que ça même : j'étais ébahie par les capacités de la jument. Elle sautait tout sans forcer.

"Qui t'as autorisé à monter Mont-Blanc ? Demanda une voix à l'autre bout de la carrière

- Pour ta gouverne, sache que Charline, la mère d'Adam a donné à Lucille l'autorisation de me confier la jument jusqu'à rétablissement de son propriétaire. Répondis-je sèchement à Julia, qui s'était instal-lée sur un banc près de l'entrée.

- Comment tu connais Charline ? Et en quoi elle l'a confié à toi plutôt qu'à moi ? S'étonna la jeune fille d'un air hautain

- Je connais Charline depuis mes années poneys, depuis très longtemps en réalité. Et en ce qui concerne ta deuxième question, j'imagine que Adam préférerait qu'une cavalière de saut expérimentée comme moi monte sa jument plutôt qu'une petite connasse qui pète plus haut que son cul."

J'avais peut-être exagéré sur ma répartie mais le résultat était là : Julia ne savait pas quoi répondre au début mais elle lâcha finalement une phrase courte qui me fit l'effet d'une balle en plein cœur :

"En attendant, sache que la connasse qui pète plus haut que son cul n'a pas des parents qui ont été incapables de garder une affaire sans faire faillite."

Julia leva les sourcils, sûre d'elle, et s'éloigna d'un pas décidé. Certe, je trouvais ce que j'avais récolté, mais je m'effondrai malgré tout en larmes sur le dos de Mont-Blanc, la respiration lente et l'envie de tout envoyer bouler.

Je rentrais aux écuries, les yeux rougis. Comment Julia savait elle pour mes parents ? Cette fille était flippante, elle m'avait déjà pris discrètement en photo avec Édouard pour qu'Anaïs se retourne contre moi, elle s'était renseignée à mon sujet...en réalité, j'étais inquiète de ce dont elle était capable de faire à l'avenir...

-Mont-Blanc de Hus-

Un chapitre légèrement plus long que les précédents ! Avec le retour fracassant de notre chère (ou pas...) Julia !

Quels sont vos avis sur les personnages ? (Que j'essaie de développer au maximum :))

Sur l'histoire ? □ (Que j'essaie de faire sortir du lot des autres histoires équestres)

Des conseils/critiques/avis ? Je prends toutrrrt (y compris les gâteaux au chocolat que vous pouvez m'envoyer par la poste accompagné du chèque de 10 000€ pour conclure l'achat de notre Demy !

)

CHAPITRE 17 | Initiation au cross

Souvenirs nostalgiques de notre stage de dressage au Pays-Bas avec
Shamrock des Douces -

L'altercation avec Julia m'avait valu de commencer ma semaine de
très mauvaise humeur. De plus, je ne cessais de repenser au passé,
à mes années avec Adam, j'espérais qu'il se rétablirait vite...non pas
parce que je l'appréciais beaucoup actuellement, mais simplement
pour ne pas perdre la seule personne des écuries qui me connaissait
vraiment. Et peut-être que j'espérais au fond, renouer quelques liens
avec lui...

Malgré tout, je continuais à travailler mes trois juments : Solista
était une pure merveille que j'avais pour objectif de sortir en 1* dans
deux semaines. Mont-Blanc demandait beaucoup de présence, c'était
une jument très sensible et peureuse. Demoiselle quant à elle était
très instable : elle avait des jours où j'étais persuadée d'avoir trouvé la

meilleure jument du monde et d'autres jours où un shetland de club aurait été plus efficace.

Ce samedi là, c'était la deuxième option que Demoiselle avait choisi. Déjà à l'attache, j'avais passé un bon quart d'heure à lui mettre son filet. Elle refusait catégoriquement que je lui attache la sous-gorge. Une fois dans la carrière, pour un petit cours de gymnastique, Demy ne cessa de se contorsionner à chaque fois que je passais sur la piste. Elle tentait par tous les moyens de contredire mes demandes. Je craignais un peu le travail sur les cavalettis et j'eus raison : la jument tractait, chargeait les obstacles comme si sa vie en dépendait. Elle glissa plusieurs fois sur les barres qu'elle faisait tomber.

Je commençais sérieusement à me poser des questions : un cheval n'avait aucune raison de se comporter ainsi. Hormis si elle avait une douleur ou un mauvais souvenir. La théorie médicale étant écartée, j'acceptais le fait est que Demoiselle avait été très mal travaillée par Nora.

Pour autant, j'avais confiance en cette jument : et c'est sûrement en dépit du bon sens et sur un coup de tête improbable que je décidais de m'aventurer sur le cross.

À peine sortie de la carrière, Demy sembla immédiatement plus détendue. Elle se laissa tomber dans son mors et avançait de manière confiante.

Je décidais de tester un petit tronc d'environ quatre-vingt centimètres. Et la surprise fut de taille : Demoiselle s'envola avec une marge d'une trentaine de centimètres au-delà de l'obstacle, avec un

courage exemplaire.Je continuais sur un contrebas assez impressionnant, mais sans penser au moins risque, juste avec l'adrénaline du
moment : la jument était tout aussi à l'aise.

Comblée, j'enchaînais ainsi trois obstacles suivants avant de tenter
le gué. Demoiselle n'hésita pas un seul instant et semblait ravie de
pouvoir se rafraîchir les pattes.

"T'es une vraie crack de cross toi !" M'exclamai-je en rentrant aux
écuries.

Je pris le temps de m'occuper d'elle comme elle le méritait. Sans
compter sur l'interruption d'Édouard.

"Vous avez bien bossé ? Demanda-t-il

- Ça partait très mal et finalement j'ai découvert en cette louloute
des talents cachés de complétiste..."

Edouard était en short ce jour-là, je remarquai une cicatrice. Une
deuxième.

"T'as fait la guerre ? Demandai-je en désignant sa jambe

- Si on veut. Mais t'inquiètes... c'est rien.

- Tu as deux grandes cicatrices, c'est pas rien."

Il hésite et pique un bouchon dans ma malle avant de s'occuper de
Demoiselle.

"J'ai pas vraiment envie de parler de ça maintenant.

- Tu veux parler de quoi ?

- De Mont-Blanc. Qu'est-ce qu'il te prend de jouer les grooms pour
Adam ?

- C'est une opportunité que je saisis. C'est une excellente jument tu
sais.

- L'opportunité c'est de pouvoir monter une jument de 5* ou de te rapprocher de Adam ?

- T'as décidé de venir me parler, pour me faire chier en fait ? Et avant que tu ne t'imagines quoi que ce soit : Adam c'était mon passé. Je l'aide parce qu'il a été important pour moi...je ne peux pas faire comme si de rien n'était. Mais ça n'ira pas plus loin.

- Tu fais ce que bon te semble...je comprends que tu te sentes perdue vis à vis de Adam... mais tombe pas dans le piège. Il a sans doute changé depuis que tu l'as connu et je peux t'assurer que c'est devenu un vrai petit con. Concentre toi sur Solista et Demy."

Je soupire profondément et pose ma tête et mes mains sur le dos de Demoiselle.

"Merci d'être là Édouard. Vraiment. Mais je sais ce que je fais."

Je sens sa main exercer une pression sur la mienne.

"Fais gaffe à toi." Dit-il en s'éloignant.Il se retourne d'un coup et déclare à haute voix :

"Quand tu sautes un contrebas en cross...mets toi plus en arrière ! Tu ne l'étais pas suffisamment toute à l'heure !"

Toute à l'heure ? Edouard avait il vu mon parcours de cross avec Demoiselle ? Et comment pouvait-il se permettre de me donner des conseils alors qu'il ne montait jamais à cheval ?

"Merci de tes conseils de pro !" M'exclamai-je en riant.

Édouard se retourna vivement : il avait quelque chose à dire mais n'osait pas.

"Qu'est-ce qu'il y a ? Tu as un bug ? Demandai-je alors qu'il me regardait étrangement

- J'ai une question.

- Je t'écoute.

- Tu vas trouver ça étrange.

- Non, non dis-moi.

- Tu accepterais que je monte Demoiselle ? Bien entendu tu serais la seule au courant.

- Je suis pas sa propriétaire. C'est pas à moi de décider...répondis-je, étonnée et curieuse à la fois

- Ok, je comprends t'inquiète pas." Dit-il finalement, un peu déçu

Il attendit que je remette Demy au pré et m'accompagna pour me demander finalement :

"Et Mont-Blanc ?

- Quoi encore avec elle ? M'attendant à avoir de nouveau des re-proches à propos de la jument

- Tu accepterais que je l'essaye ?

- Non mais je suis pas non plus sa proprio ! Demande à ta mère de te prêter Solista !

- Tu es pas la proprio mais la mère d'Adam te l'a confié. C'est tout comme.

- T'es chiant ! Pourquoi tu forces comme ça ? Tu ne monte pas à cheval, je vais pas te prêter un cheval de Grand Prix si c'est pour que tu te ramasse ! Commençai je à m'agacer

- Mais je te demande pas de me donner un rein putain ! Juste de monter à cheval. Ça te prend cinq minutes et moi...ça m'aiderait beaucoup !"

Je lève les yeux au ciel et soupire :

"T'es chiant. Mais ok."

Édouard me lance un immense sourire, les yeux pétillants :

"J'ai toujours eu un talent dans la négociation.

- Te la pète pas trop...je peux encore changer d'avis !"

Et c'est ainsi, grâce à la faveur que je venais d'accorder, que je découvris la vérité.

Édouard m'avait bluffé, bien que le casque de fille que je lui avais prêté ne lui donnait pas un air très viril, il avait tout d'un excellent cavalier. Chaque geste était calculé, sa position était impeccable.

À la fin de la séance, Mont-Blanc avait réellement travaillé et Édouard semblait totalement épanoui.

"J'avoue que je comprends pas tellement là.

- Qu'est-ce que tu ne comprends pas ?

- Tu montes à cheval quasiment aussi bien que moi."

Il me regarda en baissant les yeux :

"Je suis content que tu l'ai remarqué. En fait je voulais que tu le remarque.

- Comment ça ?" demandai-je de plus en plus intriguée

Oulahhhh je crains ! J'ai tellement pas eu le temps de venir ici sur wattpad ! ❤ Je suis contente d'être de retour et de vous publier ce nouveau chapitre qui annonce une suite riche en informations ! Bref je ne vous en dit pas plus ihi !

CHAPITRE 18 | Quelques foulées de galop.

J'attendais avec impatience les explications d'Édouard. Il avait beau vivre au milieu des chevaux depuis toujours, l'art d'être cavalier ça ne s'invente pas sans monter ! Nous avions ramené Mont-Blanc au pré, puis il m'avait proposé de remonter à la maison.

M'installant dans un transat au bord de la piscine, j'attendis qu'il revienne avec ma commande de citronnade.

"Ok. Alors ce que je vais t'expliquer tu le gardes pour toi...tu n'en parle à personne. Dit-il en revenant

- Oui tu peux me faire confiance. Mais en vrai, si c'est si important pour toi...ne te sens pas obligé de me le raconter !

- Je ne m'en sens pas obligé, j'en ai envie."

Il prit place sur le sol à côté de moi :

"À part mes parents et quelques vieux croûtons du coin, personne ne le sait. Ou du moins personne ne s'en rappelle !

- Tu es obligé de faire durer le suspens ?

- Non désolé... je sais pas comment le dire en réalité.

- Avec une phrase ça peut être pas mal. Sujet, verbe, complément.

- J'étais cavalier."

Je le regarde étonnée :

"C'est juste ça ? C'est pas un secret d'État quand même !

- Non mais attends. Laisse moi finir ! C'était il y a presque dix ans. Je n'ai jamais remonté depuis.

- Pourquoi ?

- C'est l'origine de mes cicatrices. J'ai eu un accident en entraînement. Je sortais en concours complet à l'époque. Et un jour j'ai voulu tester un obstacle du terrain d'ici, un obstacle de 4*...le cheval est mort sur le coup et j'ai failli y passer également. Sauf que ce n'était pas mon cheval, c'était un futur crack de Grand Prix en pension que j'avais pris sans permission.

- Oh putain...je suis désolée ! Tu n'as pas voulu remonter depuis ?

- Non...tu imagines que mon père, une fois le choc de ma chute passé, m'en a voulu pour le cheval mort. Il m'a interdit de remonter.

- Aujourd'hui encore ?

- Non, c'est de l'histoire ancienne. Mais j'ai gardé le traumatisme.

- Et pourquoi tu décides maintenant de reprendre ? Et qu'est-ce que ça peut te faire si d'autres gens sont au courant ?

- Non vraiment tu ne dis rien à personne. Tu me le promet.

- Oui. Promis...et tu n'as pas eu peur toute à l'heure sur Mont-Blanc ?

- Non...

- Comment ça se fait ? Un traumatisme ça ne part pas comme ça par magie !

- Je ne sais pas...c'est peut-être parce que tu étais là."

Je souris doucement, curieuse :

"C'est sincère ?

- Oui...sinon je ne te le dirai pas." Dit-il en relevant les yeux vers moi.

Le récit de son histoire semblait l'avoir attristé. Il souriait doucement mais sans vraiment y croire.

Nos visages étaient si proches et sans réfléchir je l'embrasse. Nous étions tous les deux surpris de ma propre réaction mais Édouard ne sembla pas contrarié.

"Ça aussi ça reste entre nous. Dis-je

- Pourquoi ?

- J'ai pas envie de me faire décapiter par Anaïs...

- On s'en fout d'Anaïs.

- Pas moi ! C'est ma pote !"

Il leva les yeux au ciel :

"La solidarité féminine c'est ça ?

- Un truc dans le genre." répondis-je

J'étais carrément troublée, et un peu perdue dans mon esprit par la même occasion.

"Au fait, je veux pas remuer la merde mais...tu as trouvé le financement des dix mille euros ?

- J'y ai pas tellement réfléchi ces derniers temps. Tes parents ont promis de m'aider avec sept mille euros mais ça me gène de leur infliger ça ! Déjà qu'ils se donnent la peine de m'accueillir...

- C'est pas une peine de t'avoir chez nous je te rassure. Mes parents ont d'ailleurs pensé à te proposer un poste de groom entraîneur...

- Sérieusement ?

- Oui...pour te permettre de continuer les concours tout en étant employée...et ton salaire te permettrait de payer Nora.

- Ce serait génial !" M'exclamai je avec un immense sourire

J'avais l'impression d'être un boulet à traîner ces derniers temps. Louis et Lucille m'avait réservé un accueil de princesse, je leur en était tellement reconnaissante...

"Edouard, tu voudrais pas sortir en ville ce soir ? Histoire de changer d'air...et de voir autre chose. J'ai besoin de me changer les idées.

- Ça doit pouvoir se négocier avec mes parents... Moi je suis carrément d'accord." Répondit le jeune homme avec un immense sourire.

J'étais très fatiguée mais en même temps je ressentais le besoin d'oublier, au moins une soirée, toutes les emmerdes à venir.

"Bon...je vais sortir Solista. Tiens moi au courant pour ce soir !" M'exclamai-je en me levant.

J'étais engagée dans une épreuve internationale 1* la semaine suivante, dans un haras voisin avec Solista. J'étais particulièrement stressée à l'idée de cette échéance : la reprise des concours externes après presque deux mois sans voir une autre piste. J'avais confiance en moi et en Soli', les côtes à cent trente cinq étaient largement réalisables pour nous deux mais au fond, je ressentais un certain mal être.

"Ça va le faire belette..." dis-jc à la jument en la sanglant.

La sellerie de Lucille était un véritable dressing qui comportait des dizaines et des dizaines de tapis tous plus beaux les uns que les autres. Elle possédait une grande collection de couvertures et autres lots de concours. C'était une véritable mine d'or pour trouver l'ensemble idéal ! Aujourd'hui, j'avais opté pour la sobriété avec un tapis noir et un bonnet assorti de chez Dada Sport. La jument était sublime et prête à travailler.J'avais prévu une séance de gymnastique sur des sauts de puces. Soli' était à l'écoute et motivée dès la détente. Elle lança quelques fois les postérieurs mais elle resta relativement calme. J'avais besoin de ça, d'une séance tranquille avec un objectif en bout de course : le 1*...Si je brillais à ce concours, j'espérais avoir l'honneur de l'amener sur son premier 2* si Lucille me le permettait.

Les gestes étaient souples et tactiques. La jument était à l'aise et posée. J'étais ravie de ma séance !

J'envoyais un message à Léon pour savoir s'il était dans les parages . Il me répondit positivement l'instant d'après, je devais juste attendre qu'il prépare son jeune cheval.

Je le rejoignis devant les écuries de dressage où Louis soignait son cheval Django.

"Salut Violette ! Me lança t'il

- Bonjour Louis !

- Le job avance avec Solista à ce que je vois !

- Ça avance à merveille ! On s'entend bien toutes les deux !

- Et avec Demoiselle ?"

J'hésitais avant de répondre sincèrement :

"J'ai essayé le cross avec... c'était génial pour une première ! Il y a encore beaucoup de travail mais je pense qu'on peut rapidement envisager de petites épreuves de saut pour débuter ! Elle est volontaire !

- Il n'y a qu'avec une championne comme toi que ça pouvait fonctionner ! Félicitations !"

Léon me rejoint avec son superbe jeune cheval. Louis m'interpella avant que je parte avec un petit sourire en coin lourd de sous-entendus :

"Au fait, j'ai parlé à Édouard... vous pouvez sortir ce soir si vous voulez !"

Je le remerciai avec un immense sourire malgré ma gène, Louis était vraiment compréhensif et je me rendais de plus en plus compte de la chance que j'avais d'être venue ici.

Nous partîmes sur la piste de balade avec Léon pour notre petit tour rituel. Le ciel était clair et c'est avec un immense plaisir que je me lançais sur la piste au galop. Quel plaisir d'entendre les sabots de Solista claquer contre le sol et de sentir ses muscles s'étirer pour agrandir ses foulées. Nous arrivâmes devant l'immense pâture des retraités. J'ouvris le portail et l'étendue d'herbe verte qui courait sur plusieurs hectares nous était offerte. Les chevaux paissaient au loin tandis que les nôtres, encore grisés par leur dernier galop piaffaient d'impatience et attendaient le signal. J'eus à peine le temps de desserrer mes doigts des rênes que ma jument ejecta ses deux antérieurs et démarra au quart de tour. Léon s'élança en même temps que moi, dans une parfaite synchronicité nous galopions en laissant libre cours à l'impulsion de nos chevaux. Ils s'arrêtèrent tous les deux avant la barrière avant de repartir dans l'autre sens en jetant les postérieurs. Nos mains n'avaient plus aucune action, notre seule mission consistait à tenir sur la selle jusqu'à l'arrêt.Les chevaux s'arrêtèrent devant le portail et nous firent la fin de la balade au pas jusqu'aux écuries. Léon et moi étions tellement heureux que même l'apparition de Julia ne me fit aucun effet.

En revanche ce qui me surpris le plus c'était son accompagnante : Anaïs marchait fièrement à côté de Julia.

Hey ! J'espère que vous passez de très bonnes fêtes de fin d'année :)

Le délai de publication fut long et je n'ai aucune excuse si ce n'est la charge de révisions et ce maudit internat qui m'enlève toute ma motivation ! Bref, pour me faire pardonner voici un chapitre un peu plus long et pleins d'informations ! Dîtes moi ce que vous en pensez ! :)La bise'

CHAPITRE 19 | Le soleil sur la mer.

"Non mais tu y crois toi ! Anaïs qui est retombée dans les bras de Julia alors qu'il y a deux jours elle crachait derrière son dos !"

Depuis le départ je tournais en boucle sur le même sujet. Après s'être préparés nous avions prévus de rejoindre Léon et quelques amis d'Édouard en ville. Nous étions actuellement en voiture, à vingt minutes de l'arrivée et Édouard semblait déjà agacé par mon sujet de discussion :

"C'est bon, tu peux changer de sujet ? Non pas que ça m'agace de parler de mon ex mais quand même un peu.

- Franchement, tu as des goûts de chiotte pour être sorti avec une fille pareille ! Elle est insupportable, hautaine, vulgaire, chiante, stupide, gamine, prétentieuse, inutile...et j'en passe.

- Après tu peux pas nier qu'elle est pas spécialement moche et carrément douée à cheval.

- Si tu le dis." Ralai-je en m'enfonçant dans mon siège.

J'augmentais le volume du son mais Édouard me fit signe de changer de musique :

"Met du classique s'il te plaît."

Je le regardais, surprise :

"Tu es sérieux là ?

- Absolument ! Ça te dérange d'en écouter ?

- Ah non absolument pas. C'est simplement qu'à première vue tu n'as pas le physique à écouter du Vivaldi dans ta voiture pour aller en soirée avec tes potes.

- Un peu d'originalité et de surprise ne font pas de mal." Répondit Édouard en s'arrêtant devant un feu rouge.

Je reçu au même moment un message de la part d'un numéro inconnu.

"Bonsoir Violette,J'espère que tu vas bien.Louis m'a dit que tu faisais du très bon travail avec Mont-Blanc, je ne sais comment te remercier de prendre du temps pour ma jument.Je voulais également t'annoncer qu'Adam est sorti de son coma naturel. Il est donc réveillé mais il se repose beaucoup. Il a été très surpris de voir la photo que tu lui a amené. Tu pourras lui rendre visite quand tu voudras.Avec toute mon affection,Charline"

Je m'empressai de transmettre la nouvelle à Édouard qui malgré la haine qu'il portait envers Adam était heureux de le savoir en bonne santé.

"Espérons simplement que son accident le rendra plus humble. Mais sinon c'est une bonne nouvelle.

- Tu n'as pas tellement ton mot à dire sur l'humilité... quand on ne te connaît pas, ton côté petit bourge fils à maman te rend particulièrement agaçant et suffisant.

- Tu vas me vexer à force. Je te trouve particulièrement désagréable ce soir. D'autant plus que tu as une pointe de mascara au bout de ton sourcil droit.

- C'est un grain de beauté, idiot." Répondis-je en riant.

Tandis que nous cherchions une place pour nous garer tout en nous lançant des piques saracastiques, le sujet dévia petit à petit vers ma carrière équestre, thème que j'essayais d'éviter au maximum pour limiter la déprime.

"Du coup, tu penses qu'avec Demoiselle tu pourras retrouver tes classements dans des concours prestigieux ? Demanda Edouard en garant sa voiture et en éteignant le contact.

- Seul l'avenir me le dira. Mais je t'avoue que le complet me tend les bras depuis quelques temps. J'avais de bons classements en amateur 1...Je pense que Demy aime ça aussi, elle semblait être dans son élément sur le cross.

- Ce que je sais c'est que vous en avez toutes les deux les compétences et l'envie. Après à toi de voir si tu veux tourner définitivement le dos ou non à ton étiquette de cavalière de CSO.

- J'avoue que l'ambiance des CSO risquerait de me manquer...mes amis me manquent déjà. Mais le complet me tente réellement.

- T'as toutes les clés en main pour choisir ce que tu veux et briller, quoi que tu fasses Violette."

Je souris, touchée par sa sincérité.

"Merci mec."

Je sors de la voiture, le soleil m'aveugle et l'embrun marin vient me fouetter le visage. Je regrette tout juste d'avoir mis une robe, le vent me prédisant une soirée fraîche...

"On s'est donné rendez-vous sur la plage, viens on va les attendre."

Je suivis Edouard, enchantée par la lumière du soir qui reflétait sur l'immense étendue d'eau. J'enlevais mes chaussures pour marcher dans le sable encore chaud. L'immense plage était presque vide, seuls quelques groupes étaient dispersés pour profiter du spectacle.

Edouard me rejoint au bord de l'eau et me surprit en me jetant de l'eau sur les jambes.

" Le salaud !" M'exclamai-je en riant

Je cueillis une pincée de sable pour lui jeter au visage par vengeance. J'étais souriante et franchement, cela me faisait un bien fou de sortir du haras et de penser à autre chose.

"Pas de violence et pas de sable dans la gueule...j'ai passé une heure à me maquiller !" S'exclama une voix dans notre dos que je ne connaissais que trop bien.

"Amélia !" M'exclamai-je

Je me jetais dans les bras de mon amie, tellement surprise de la voir là.

"Qu'est-ce que tu fous là ?! Tu es venue toute seule ?

- Non, Valentine est là également, elle se change dans la voiture je l'ai récupéré à sa sortie de l'entraînement. C'est Edouard qui m'a prévenu que vous comptiez sortir ce soir et nous sommes venues !

- Vous vous connaissez ?" Demandai-je surprise même si la réponse m'a paru évidente.

Après tout, le milieu équestre n'était pas si grand que cela...

J'étais si heureuse de cette surprise que je n'avais même pas remarqué l'arrivée des amis d'Edouard. J'en reconnu deux qui étaient présent lors de la soirée au Haras et qui me saluèrent chaleureusement. Je ne connaissais pas les trois autres, même si l'un d'entre eux montait apparemment aux écuries. Léon et Valentine semblait s'être rencontrés sur le chemin puisqu'ils arrivèrent ensemble. Nous étions au complet et moi, j'étais absolument comblée.

"J'ai tellement de choses à te raconter ! S'exclama Amélia alors que nous nous dirigions vers le restaurant.

- Moi aussi ! Vous imaginez pas à quel point je suis heureuse de vous voir !"

La soirée fut beaucoup trop rapide à mon goût et après avoir terminé notre resto nous avons écumé les bars de la ville. Enfin surtout moi car Edouard conduisait pour le retour et il avait promis à son père de nous ramener entier.

Valentine et les amis d'Edouard étaient dans le même état que moi, à savoir complètement raides à une heure du matin dans les rues de la ville. Léon lui discutait avec Amélia et Edouard.

Arrivés en bord de mer, entraînée par un ami d'Edouard, je finis dans l'eau entièrement habillée mais surtout congelée.

A trois heures du matin il fallait rentrer, mes amies avaient une heure et demi de route vers l'est et nous une bonne heure également.

"J'ai froid. répetai-je sans cesse dans la voiture d'Edouard

- Le pire dans tout ça ce sont surtout mes sièges en cuir. L'eau de mer ça les abîme affreusement et...et toi tu dégoulines d'eau de mer.

- Demain le réveil va être difficile..." dis-je en riant bêtement.

Le trajet fut plus long que prévu, il a fallu s'arrêter de nombreuses fois pour calmer ma nausée.

Au bout de deux heures nous étions cependant arrivés au haras.

Je m'endormis sur le canapé et je sentis à peine lorsque Edouard me transporta jusqu'à ma chambre.

Comme prévu le réveil fut difficile, avec un mal de tête affreux, le corps endolori et surtout la douloureuse impression d'avoir attrapé un rhume en plein été. J'étais enveloppée d'un plaid dans lequel Edouard avait du m'envelopper la veille pour ne pas abîmer ses chers sièges.

Le réveil indiquait dix heures trente. On frappa à ma porte.

"Ouiii, entrez."

La porte s'entrebâilla légèrement et je vis Edouard passer sa tête, avec un immense sourire :

"Tout va bien ?

- Impeccable."

Je regardais ma tête dans le miroir de la coiffeuse et explosa de rire.

"Je ressemble à un cadavre mais sinon je pète la forme...dis-je au ralenti

- Café ? Thé ? Jus d'orange ? Ou vodka ?

- Jus de citron avec une cuillère de miel.

- T'es vraiment chiante comme fille. Mais je t'apporte ça."

Je me jetais à nouveau dans mon lit avant de me décider à prendre une douche.

Je fis couler l'eau un bon moment pour me réveiller, je me démaquillai correctement et en utilisant mes dernières ressources d'estime de moi je mis un peu d'anti-cernes.

Je m'habillai, enfilai un pantalon d'equitation, un polo et des chaussettes dépareillées. Je n'avais peut-être pas la classe d'Edwina Tops ce matin, mais au moins je n'avais pas l'air d'avoir passé une trop sale nuit.

Mon jus de citron me fit le plus grand bien et je me sentais d'attaque pour (plus ou moins) commencer la journée.

"Papa est parti en représentation avec Django. Ma mère te propose un cours de dressage avec Demoiselle ce matin.

- Ca me va !

- Et cette aprem je dois aller à Caen...si ça t'intéresse je peux t'amener voir Adam."

Curieuse proposition de la part d'Edouard mais j'acceptais.

Je mangeais un minuscule bout de pain, ingurgita un Doliprane et me rendis jusqu'aux écuries de propriétaire. Demoiselle hennit tout bas à mon arrivée. J'étais heureuse de voir qu'elle avait l'oeil confiant et serein, à l'inverse de son état il y a quelques semaines encore.

María me salua et me lorgna du regard :

"Soirée difficile ?

- Ça se voit tant que ça ?" Demandai-je amusée

La jeune femme haussa les épaules avec nonchalance et s'éloigna.À défaut d'être bavarde, María était sincère !

Lucille sembla tout aussi choquée en me voyant :

"Ma pauvre ! Tu as bien dormi ?

- Oui parfaitement...pas très longtemps mais suffisamment !

- Si tu préfères te reposer dis-le moi. Il n'y a aucun soucis !"

Je refusai poliment : Demoiselle avait l'air calme ce matin, je venais de la seller et j'avais envie de prendre l'air.

Nous commençâmes par une longue détente d'étirements et d'allongements. Demy était très attentive à mes demandes et se prêtait volontière à l'exercice. J'avais opté pour un mors simple et je la trouvais bien plus détendue qu'avec le Pelham qu'utilisait Nora.

Lucille était motivée pour travailler des bases du dressage avec la jument et voir ce dont elle était capable pour le moment. Pour cela nous avons commencé par des déplacements latéraux tout simples que Demoiselle exécuta sans aucun problème. Elle avait encore un peu de travail avec le suivi des hanches mais dans l'ensemble le travail était propre. Elle réalisa de superbes cessions à la jambe et de très propres changements de pied. Les allures étaient souples et je me sentais très bien avec elle.La séance avait été très fructueuse et Lucille était enchantée par notre duo.

"Je suis très surprise ! J'ai l'impression de ne pas voir la même jument qu'il y a quelques semaines ! C'est tellement dommage que Nora n'ait pas continué le travail avec elle et l'ai laissé enfermé. Pour son âge Demy est très douée !"

En quittant la carrière je remarquais un homme d'une cinquantaine d'années accoudé à la lice qui devait nous observer depuis le début de la séance.

Je mis Demoiselle au pré et celle ci se roula, toute heureuse d'avoir de l'herbe et du terrain à profusion. Elle galopait comme une sauvage en secouant la tête.J'observais la scène avec amusement et vis que l'homme de la carrière s'approchait.

Je pensais alors qu'il s'agissait d'un visiteur égaré.

"Bonjour ! Lançais je en ôtant mon casque par signe de politesse.

- Violette Desnat-Lahey ? C'est bien cela ?

- Oui... vous me cherchiez ?

- Je suis très honoré de vous rencontrer. Je suis Franck Maraut, sélectionneur de l'équipe de France de Horse-Ball.

- Enchantée !" M'exclamai-je étonnée

L'homme semblait curieux à propos de Demoiselle et la regardait se livrer à des ruades de rodéo.

"Vous avez une superbe jument ici. J'ai remarqué ses origines et on peut dire qu'elle a du potentiel et de la valeur.

- Elle a aussi beaucoup de volonté et de caractère.

- Elle est à vendre ?

- Pas vraiment. À vrai dire elle est à vendre mais il y a déjà une intéressée. Répondis-je, surprise qu'un cavalier de Horse ball s'intéresse à une jument de complet.

- Ah. Qui donc ? Demanda l'homme, curieux.

- C'est moi l'intéressée."

Demoiselle avait cessé ses coups de sang et s'était mise à brouter paisiblement.

"Je vois. Vous avez toujours beaucoup de goût pour trouver vos chevaux. Bon rassurez-vous je ne suis pas là pour acheter cette petite merveille mais pour vous poser une simple question.

- Je vous écoute.

- Ma fille est cavalière de saut d'obstacles, elle vient de passer à cheval et j'aimerais savoir si vous aviez la possibilité de la coacher pour sa sélection en équipe de France jeunes.

- C'est une décision délicate, je suis très flattée que vous me le proposiez. Mais je suis coincée ici, j'ai trois chevaux à entraîner...je ne sais pas comment je trouverais le temps de me déplacer.

- Inutile, ma fille viendrait ici. Je connais très bien Louis, il pourra m'arranger."

Je laisse planer un moment de silence. Coacher pour une sélection en équipe de France c'est une chance, cela risque d'être un stress en plus mais un peu de challenge ne fait pas de mal. Je posais quelques questions sur les modalités du coaching et finis par conclure :

"J'accepte. À la seule condition que votre fille me promette de s'engager totalement dans ses entraînements."

Hello !

Voici un long chapitre pour me faire pardonner du retard

Que pensez-vous du rapprochement de Violette et Édouard ?Comment va se passer ce coaching ?Que réserve l'avenir pour notre super duo Demoiselle et Violette ?

CHAPITRE 20 | Un programme chargé

C omme promis, Édouard m'accompagna devant l'hôpital et me donna rendez-vous au même endroit dans deux heures.

Adam avait changé de chambre, il était désormais dans un service plus tranquille et ne subissait plus les traitements de réanimation.

J'entrai doucement dans la pièce en souriant . J'étais heureuse de le voir en bonne santé.

Il avait repris des couleurs, ses yeux brillaient et il était plongé sur l'écran de télévision.

"Salut Adam." Dis-je doucement

Il se tourna brusquement et sembla surpris :

"Violette ?

- En personne. Comment tu te sens ?

- Mieux que la semaine dernière... mais pas encore au top."

Je remarquais en premier plan sur la table la photo que j'avais amené la dernière fois. Au fond il y avait une photo de lui et Julia à la mer.

"Tu as eu des visites ?

- Ma mère chaque jour, mon père une fois, des potes et Julia de temps en temps. Et toi."

Un blanc s'installa. J'étais un peu mal à l'aise, voici plusieurs années que l'on ne s'était pas parlés sans animosité.

"Ta mère te l'a sûrement dit... mais je m'occupe de Mont-Blanc durant ton absence.

- Je sais.

- Ça ne te dérange pas ?

- Ai-je vraiment le choix ?"

Je lève les yeux au ciel. Bien sûr que si il a le choix... mais cela le tuerait de me remercier ou d'assumer qu'il est content que je m'en occupe.

"Ta mère aurait pu demander à Julia de le faire.

- Ma mère n'aime pas Julia."

Je me retiens de rire, ce n'était pas vraiment étonnant : Charline est une femme très maniérée avec beaucoup de principe.

"En tout cas ta jument va très bien, elle n'a pas de séquelles de l'accident. J'espère que tu viendras bientôt aux écuries pour la voir.

- Je pense arrêter l'équitation.

- Pardon !? M'exclamai-je, étonnée

- Cet accident m'a fait comprendre que je devais arrêter.

- Comment ça ? Tu as du talent, tu aimes ça... n'arrêtes pas ! Je comprends si tu as peur de remonter mais ça, ça se travaille.

- Je n'ai pas peur. Je n'ai juste pas envie de retourner au Haras du Lac.

- Pourquoi ?

- C'est compliqué."

Je hausse les épaules :

"Tu sais, Édouard passe me chercher dans une heure et demi...tu as le temps de me raconter.

- Édouard ? Vous êtes proches tous les deux...

- Oui mais non je t'arrête tout de suite nous ne sommes pas en couple.

- Ça peut vite arriver."

J'esquisse un sourire :

"Et toi avec Julia ça se passe bien ?

- Ça t'intéresse ?

- Non...enfin un peu.

- Alors oui ça se passe bien." Répondit-il sans grande conviction.

Le silence se réinstalla dans la chambre.

"Ça a du être compliqué de perdre tous tes chevaux d'un coup, non ? Demanda soudain Adam

- C'est encore difficile. Je pense à eux souvent.

- Je pensais vraiment qu'on ne se reverrait jamais.

- C'est ce que tu espérais ? Demandai-je doucement

- Pas spécialement."

Je regardai mes pieds sans savoir quoi répondre, Adam rompit à nouveau le calme

"Tu penses qu'on va me regarder comment maintenant en concours ?

- Comment ça ?

- J'ai vu un article sur l'Éperon qui parlait de ma chute. Tout le monde va être au courant.

- Oui, comme tout le monde a été au courant quand j'ai perdu mes chevaux. On fait avec. Si ton image est ton seul problème ça peut se régler, Répondis-je en haussant les épaules.

- J'ai l'impression d'être inutile.

- A l'heure actuelle j'ai le regret de t'annoncer que ce n'est pas qu'une impression.

- Merci ! Quel soutien ! S'exclama Adam

- Désolée, ne le prends pas mal. Mais assis dans ton lit là à râler tu ne sers à rien. Si tu étais un peu plus optimiste tu serais déjà plus utile.

- Optimiste ? Comment tu veux que je sois optimiste ? J'ai mal, je ne peux pas sortir, j'ai aucun contact extérieur...

- C'est moi ton contact extérieur. Dis-je avec un grand sourire.

- Un contact de qualité, répondit-il avec ironie.

- T'es lourd. Tu peux me le dire si tu veux que je sorte ce sera plus rapide, rétorquai-je, un peu vexée.

- Non reste.

- Au fait Julia ne doit pas venir te voir aujourd'hui ? Parce que si elle me voit ici elle va pas apprécier.

- Elle est venue hier soir. Elle avait des choses à faire aujourd'hui, elle ne viendra pas je pense."

J'acquiesce en relevant les yeux sur Adam.

"Tout se passe bien avec Demoiselle ? Demanda soudainement le jeune homme.

- On a quelques difficultés parfois mais on progresse énormément. Elle m'impressionne de jour en jour !

- C'est cool. Elle est belle cette jument...J'avais une sortie en une étoile la semaine pro avec Mont-Blanc. Si je te propose d' y aller à ma place tu en penses quoi ?"

C'était la proposition la plus étrange que je n'avais jamais entendue depuis longtemps. Cela m'étonnait de la part d'Adam.

"Tu es sur de toi ?

- Ma mère m'a dit de te le proposer. Elle pourrait t'emmener."

En effet, cette proposition relevait de l'impossible : Adam avait déjà accepté que je m'occupe de Mont-Blanc. Et malgré l'attachement qu'il portait à son image et à sa fierté, il m'autorisait en plus de monter sa jument sur un international.

"Oui, j'accepte. Je m'occupe d'en parler à Louis toute à l'heure et de changer l'inscription si il est encore temps.

- Merci."

Les deux heures passèrent finalement très rapidement. Nous avions trouvé de nombreux sujets de conversation et nous finîmes même par rire sincèrement.

Lorsque je repris la route de retour avec Edouard, celui-ci semblait froid et réservé. J'essayais tant bien que mal de détendre l'atmosphère en mettant de la musique. Il resta silencieux jusqu'au haras.

"Tout va bien ?" lui demandai-je alors lorsque nous entrâmes dans la cours.

Il hocha la tête sans grande conviction. Je levais les yeux au ciel, agacée de cette manière d'être. Je pris simplement le temps de mettre un short et un polo et descendis voir la carrière de dressage où Léon s'entraînait avec The Last.

Il était concentré dans ses mouvements et le cheval semblait délicat. Il me vit au bout de plusieurs minutes et s'approcha de moi avec un immense sourire.

"Violette ! Tu vas bien ?

- Ça va...je reviens de l'hôpital. Adam va bien.

- Ah. Je ne le porte pas dans mon cœur mais je suis content qu'il n'ait rien de grave finalement.

- En attendant je m'occupe de Mont-Blanc.

- Je sais, j'étais avec toi la dernière fois.

- Il m'a proposé de la sortir en international la semaine prochaine.

- Mais tu la connais à peine ! S'exclama Léon en empêchant son jeune cheval d'avancer

- Tu crois que c'est une erreur d'accepter ?

- Je pense que tu devrais te concentrer sur Demy.

- En parlant de ça...je n'ai aucune nouvelle de Nora, tu ne trouves pas ça étrange ?

- Elle est spéciale cette fille. Ne lui fais pas confiance. Je ne la sens pas, dit Léon en serrant les mâchoires.

- Je pense que ça l'arrange que je m'occupe de sa jument. Elle sera libérée quand elle me la vendra."

Léon hésitait. Il me cachait quelque chose.

"Écoute Violette. J'ai des doutes sur certaines choses. Mais je ne sais pas si ça signifie quoi que ce soit.

- Dis-moi.

- J'ai surpris Julia au téléphone avec Nora. Elles parlaient des centres équestres dans le coin.

- Et d'après toi ça signifie quoi ? Demandai-je, surprise.

- Je n'en sais rien. Mais je pense qu'il faut vraiment se méfier de ces deux garces."

Je ne pus m'empêcher de sourire. Léon était un rayon de soleil, il conservait toujours son sens de l'humour et sa bonne humeur dans n'importe quelle situation. Mon téléphone se mit à sonner, faisant sursauter The Last.

" Je te laisse travailler..." dis-je à Léon en m'asseyant sur le talus en bord de carrière.

"Bonjour, je suis Mélusine Maraut, la fille de Franck qui vous a rencontré ce matin. Je...j'ai la possibilité de venir dès demain au Haras du Lac pour faire un essai.

- Enchantée Mélusine ! Pas de soucis, passes dans la matinée avec ton cheval et ton matériel."

La discussion fut brève. En raccrochant, j'eus la sensation d'être prise de cours, mes journées finiraient par être surchargées : j'avais désormais trois chevaux de haut niveau à entraîner, une future championne à coacher et des stress financiers à apaiser...

Les écuries étaient fermées depuis deux heures déjà, le soleil commençait à faire rougir le ciel. J'étais épuisée, vidée de toute énergie. Revoir Adam de manière si amicale m'avait troublé, la froideur d'Edouard au dîner n'avait pas amélioré mon état et le stress de sortir Mont-Blanc en concours augmentait au fur et à mesure que j'y pensais.

Cette jument était loin d'être simple en concours et avait déjà forgé sa réputation avec Adam. Qu'allait dire la sphère hippique en voyant la cavalière déchue que j'étais, en selle sur une jument de très haut niveau qui appartenait à un autre cavalier.

Je n'avais pas encore prévenu mes amis de cette nouvelle, je savais que certains d'entre eux seraient présents au concours et j'espérais leur faire une surprise de mon retour.

"Violette ?" Je me retournai brusquement alors que je m'asseyais à l'instant sur un tronc au bord du lac.

Lucille avait un air inquiet. Elle portait un grand gilet beige, ses cheveux blonds retombant délicatement sur ses épaules. Ses yeux bleus semblaient larmoyants, témoignant de sa grande sensibilité :

"Puis-je te parler ?"

J'acquiesçai.

"Ecoute...c'est délicat et je sais que ce n'est pas à moi de te dire ça..."

Lucille hésitait et semblait vraiment perturbée :

"C'est Edouard...

- Je t'écoute...dis-je

- Ce soir j'avais l'impression qu'il n'était vraiment pas comme d'h abitude...je lui ai parlé quand tu es sortie.

- J'ai fait quelque chose de mal ? Demandai-je inquiète

- Non...mais...oh je ne sais vraiment pas comment te le dire sans qu'il m'en veuille !

- Il n'en saura rien...je n'en parlerai pas. Promis-je

- Je crois qu'il t'apprécie vraiment."

Je la regardai, interloquée. Lucille me semblait fragile à cet instant, elle tremblait sous le voile fin de son gilet. Ma mère me manquait tellement.

Par un quelconque réflexe d'enfant je pris la mère d'Edouard dans mes bras.

"Il t'aime, et même quand il était avec Julia je ne l'avais pas vu dans cet état."

J'étais tout aussi perturbée. Je savais qu'Edouard m'appréciait, mais pas au-delà de l'affection vraiment amicale.

J'usais de beaucoup de courage pour rentrer à la maison aux cotés de Lucille qui paraissait un peu remise de ses émotions.

Avant de rentrer, elle me fit promettre de ne rien dire à son fils et à son mari.

"Ah vous êtes là ! S'écria Louis en souriant alors qu'il rentrait à l'instant d'une représentation de dressage dans l'Oise.

- Je suis allée montrer à Violette les deux nouvelles pouliches du centre équestre...mentit-elle

- Ah super ! Elles sont mignonnes n'est-ce pas ?

- Très..." mentis-je à mon tour, gênée.

Je laissais Lucille et Louis débriefer leurs journées respectives et rejoignis la terrasse de la piscine où Edouard lisait une BD, allongé sur un sofa face au soleil couchant. Je pris place sur un transat à côté de lui, en silence.

Nous ne parlâmes pas pendant plus d'une heure, le soleil s'était alors couché. Edouard avait posé sa BD sur le sol et nous regardions tous les deux les insectes et les oiseaux nocturnes s'éveiller doucement dans le bois face à la terrasse. Les grenouilles croassaient au loin et nous entendions parfois un doux hennissement depuis les paddocks. Une lampe d'extérieur s'était allumée, projetant sur les murs de pierre de drôles d'ombres dès qu'un papillon de nuit passait. Lucille et Louis regardaient un film dans la salle de cinéma, nous étions seuls.

Je m'approchai de la piscine, testant la température du bout de mes doigts. L'eau était bonne, éclairée par une douce lumière bleue.

"Bain de minuit ?" Proposai-je doucement, rompant le silence qui s'était installé.

Le visage d'Edouard sembla s'illuminer. Toute la journée j'avais vu une expression maussade et triste dans ses yeux, et ce soir ils semblaient remplis de joie.

"Volontier...on se retrouve ici dans cinq minutes ? Proposa t-il timidement

- Cinq minutes top chrono !" M'exclamai-je en me précipitant vers ma chambre.

Edouard était déjà dans la piscine lorsque je revins, une serviette à la main. Je plongeais dans l'eau qui s'était un peu refroidie par rapport aux chaudes après-midi des semaines précédentes.

"Tu ne boude plus ? Demandai-je amusée après avoir refait surface

- Je n'ai jamais boudé, répondis Edouard avec un mince sourire

- Je n'aime pas les mensonges..."

Je plongeais sa tête sous l'eau en guise de vengeance. Nous ressemblions à deux jeunes enfants. J'étais heureuse de revoir le sourire s'étendre sur les joues creuses d'Edouard. Ses yeux pétillaient, ses cheveux clairs s'emmêlaient lorsqu'il tentait de les remettre en arrière.

La soirée passa très vite, des bières discrètement empruntées dans le frigo, quelques plongeons en plus et je n'avais plus envie de me coucher. Cependant, le froid commença à me gagner et je du me résoudre à aller me reposer : une grosse journée m'attendait le lendemain.

"Bonne nuit...dis-je en chuchotant tandis que nous remontions chacun dans nos chambres respectives, dans le noir le plus complet, ne voulant pas réveiller Lucille et Louis à notre passage.

La chair de poule sur mes bras s'accentua lorsqu'Edouard passa sa main dans mon cou et m'embrassa. Il rentra dans sa chambre, me laissant complètement abasourdie sur le pas de la porte.

En m'allongeant sur mon lit après une douche chaude, je fus surprise de voir mon téléphone afficher un nouveau message d'Adam : "Merci d'être passée ce matin. Reviens quand tu veux."

Je poussais un profond soupir avant de m'effondrer de fatigue sur mon matelas.

- -

Alléluia ! Enfin un nouveau chapitre ! Bien plus long que les précédents, il introduit de nouveaux doutes pour notre chère Violette ! Au prochain chapitre Mont-Blanc sera au cœur des évé nements...sans oublier notre Demoiselle qui nous cache encore de nombreux talents !

Quels sont vos avis ? Dites moi tout !!!!! :)

CHAPITRE 21 | Soleil d'argent.

/ // La publication des chapitres étant irrégulière, j'imagine que reprendre l'histoire sans avoir lu depuis longtemps peut être assez compliqué. Dans l'objectif de ne pas vous perdre en route j'ai décidé d'écrire un petit résumé des précédents événements à chaque début de chapitre ! Ils seront supprimés à la fin de ce tome (et ouiii comme vous le savez il y aura bel et bien un tome 2 qui ne tardera pas à arriver !)\\\

Flashback : Violette continue sa progression avec Demoiselle et se retrouve en charge de la jument de son ancien ami, Adam, avec qui elle projette de reprendre les internationaux. Ce dernier se remet encore de son accident à l'hôpital. Violette connait enfin les sentiments qu'Edouard a à son égard, tandis qu'elle hésite encore de son côté. Elle est également en charge de l'entraînement d'une jeune cavalière pour l'équipe de France.

"Tu m'écoutes ?

- Non, pardon...tu disais quoi ?"

Depuis mon réveil, mon esprit semblait totalement déconnecté de la réalité. J'avais fait quelques cauchemars étranges, ma nuit avait été troublée.

"Bon pour la troisième fois : J'ai acheté un nouveau filet pour The Last, je voulais connaître ton avis."

Je levais les yeux vers le beau cheval noir qui me regardait avec de grands yeux intelligents. Léon lui avait acheté un modèle anatomique dont le noir du cuir contrastait avec un fond blanc au niveau de la muserolle. The Last avait ce format carré très reconnaissable des jeunes chevaux de dressage en formation. Son encolure et sa croupe se musclaient à vue d'oeil et ses crins étaient toujours entretenus par Léon à la perfection. Il arborait ce jour-là un tapis Kentucky flambant neuf en velour moutarde et des guêtres noires qui cachaient légèrement ses balzanes blanches.

"Très beau...maintenant il ressemble à un vrai cheval de dressage !" Répondis-je en grattant le garrot de ce dernier.

Léon sembla ravi de ce compliment et s'empressa de mettre le pied à l'étrier en accrochant son nouveau casque, acheté également la veille :

"Eh mais c'est le dernier modèle pour homme de chez Antarès ! Tu as du craquer une fortune !

- Je suis passé devant une sellerie sur la rocade qui faisait un de-stockage des anciennes collections...j'ai pas pu résister.

- Ce ne sont pas des anciennes collections Léon...

- Effectivement. C'est comme pour les soldes : tu pars pour faire de bonnes affaires et tu reviens chez toi avec tous les produits non-soldés !"

Je levais les yeux au ciel, amusée.

Léon ressemblait à cet instant à une photo de magazine : la robe de The Last était brillante, les enrênements étaient parfaitement propres, les crins démêlés comme pour un concours. Le polo de Léon, assorti au tapis de son cheval étaient sans doute le détail le plus flagrant de toute cette composition idéale, bien que celui ci niait en bloc d'avoir fait exprès.

"Bon allez le gourou de la mode je t'abandonne, je vais attendre Mélusine..." dis-je en aidant Léon à ressangler.

La jeune cavalière arriva avec son père une demi-heure plus tard. Franck avait le look typique du coach d'équitation : un polo, une casquette aux couleurs de l'Open Generali et des lunettes teintées posées sur le nez.

Il me salua chaleureusement. A son tour sa fille s'avança. Elle semblait vraiment petite pour son âge et assez locace. Elle avait d'épais cheveux châtains très bouclés et très longs attachés en queue de cheval basse.

La jeune fille sortit son cheval du van. Celui-ci semblait assez calme et posé. C'était un magnifique palomino, pas très grand mais fin et puissant.

"Voici Epona, pur anglo-arabe. Il est très volontaire et franc à l'obstacle. Il a un petit caractère mais il est respectueux."

Je m'approchais du cheval, celui-ci semblait curieux de l'odeur de carotte qui devait traîner dans la poche de mon pantalon.

"Alors Mélusine, je te propose aujourd'hui une séance d'observation à l'obstacle. Toute simple. On utilisera la carrière du centre équestre...tu peux commencer à le préparer."

Louis vint me rejoindre afin de parler avec Franck tandis que je faisais la connaissance de Mélusine. La jeune fille avait déjà beaucoup d'expérience dans le milieu poney.

La détente fut calme, Epona était un cheval adorable et vraiment volontaire, il aimait le saut, ça se voyait. Les barres étaient déjà à un mètre vingt, mais cela ne semblait pas suffire pour lui. Il en demandait toujours plus. Il laissait toujours une marge.

"Qui a dressé ton cheval ? demandai-je à Mélusine alors qu'elle finissait sa séance.

- Un ami de mon père. Epona vient de son élevage.

- Tu sais s'il a été barré ?

- C'est-à-dire ?

- Je trouve qu'il laisse beaucoup de marge. Pendant ses premiers sauts, son dresseur aurait pu lui imposer des barres au dernier moment afin qu'il cogne dedans pour lui apprendre à ne pas toucher l'obstacle. Tu penses que c'est possible ?

- Non...l'ami de mon père n'est pas dans ce genre là. Il n'aurait pas fait ça.

- Bon, je te crois. On va dire qu'il s'agit d'un très bon sauteur alors."

Mélusine me dévisagea, soupçonneuse. Le respect d'Epona sur les barres me semblait artificiel mais je préférais ne pas m'attirer les foudres de la jeune fille dès le premier jour.

"Ok. Essai concluant. Si tu es d'accord je te propose deux cours par semaines avec moi et je te prépare ton programme individuel pour les autres jours chez toi.

- Ça me convient."

Louis qui avait observé la séance avec le père de Mélusine vint me voir après leur départ :

"Tu en penses quoi ?

- Cheval très sympa. J'ai des doutes sur son éducation aux barres mais il a bon caractère, dis-je en regardant le van s'éloigner dans l'allée de feuillus.

- Oui il est sympa. Mais je voulais ton ressenti sur la cavalière. On ne juge jamais un cheval de sport sans connaître son cavalier."

J'acquiesçais, Louis avait raison.

"Mélusine est une cavalière poney comme il en existe beaucoup. De là à savoir s'il s'agit d'une future grande cavalière, je dirais d'attendre le résultat de ses premiers concours à cheval.

- Tu penses qu'elle aura du mal à faire la transition dans le monde cheval ?

- L'avenir nous le dira..." Dis-je en haussant les épaules.

Louis prit une pause avant de déclarer d'un ton ironique et solennel à la fois :

"Je vais bientôt pouvoir te laisser les clés du haras. Tu te débrouilles parfaitement ici.

- Edouard n'apprécierait pas forcément de voir son héritage entre mes mains."

Louis afficha un sourire malicieux en me donnant une tape dans le dos :

"Je suis sûr que vous trouveriez un terrain d'entente."

Il laissa plâner un silence avant de s'éloigner vers son cours de onze heures.

J'avais décidé de consacrer ma journée à Demoiselle, elle trottait dans son paddock, les naseaux frémissants. Ma jument vint me saluer en se rapprochant doucement, collant son chanfrein contre mon dos.

Elle avait abandonné toutes ses mauvaises habitudes. Elle ne mordait plus comme lors de notre première rencontre. Demoiselle conservait quelques vices qui demandaient plus de travail : c'était le cas au galop où elle n'osait pas encore développer ses foulées, ayant été trop contrainte par Nora auparavant.

Lucille me proposa une séance de saut que j'acceptais avec joie. Elle montait en même temps son jeune cheval Sot'O et Edouard était chargé du montage des barres.

La détente avec un autre cheval fut assez sportive : Demoiselle balançait les postérieurs à chaque fois que le beau cheval blanc de Lucille passait un peu trop près.

"Tu n'oublieras pas le noeud rouge en concours !" S'exclama Lucille alors qu'elle venait d'échapper à un jeté de sabots.

Ma jument couchait les oreilles et n'admettait aucune erreur de ma part. Je pris conscience du chemin qu'il nous restait encore à parcourir avant nos sorties en international...

La détente sur les barres fut très compliqué, Demoiselle chargeait dès que Sot'O perturbait son champ de vision et je devais contrôler la réception afin de ne pas me laisser dépasser. Malgré quelques taxis, nous réussîmes par enchaîner un double de verticaux à cent trente à la perfection.

Demoiselle avait un coup de saut formidable, il suffisait de trouver le juste équilibre sur son dos, de lui laisser un peu de mou dans les rênes et de l'aider à se redresser dans les courbes. Son galop était très régulier, elle avait parfaitement assimilé la rectitude avant le saut et malgré quelques défauts surtout liés à son caractère, j'étais très fière et optimiste. Ses antérieurs franchissaient avec une symétrie remarquable les barres et ses postérieurs avaient le réflexe de s'élever un peu plus, à la manière Hickstead.

Demoiselle prenait de plus en plus de plaisir à enchaîner, j'étais tellement heureuse et perdue sur mon petit nuage que je partageais désormais avec ma jument que je n'avais pas vu Lucille sortir de la carrière, elle aussi ravie de sa séance.

Quelques jours plus tard, mon programme chargé commençait à se faire sentir sur ma fatigue et ma concentration. Cependant, ce jour-là, je n'avais qu'une mission : remettre le pied à l'étrier des internationaux.

Lucille m'avait proposé de sortir Solista en une étoile. J'avais finalement refusé, souhaitant me concentrer uniquement sur Mont-Blanc.

C'était un dimanche ensoleillé, de la fin de l'été. La rentrée scolaire était déjà passée depuis une semaine, les touristes étaient moins nombreux.

Le public était nombreux malgré tout. Il y avait beaucoup de têtes connues y compris une qui me perturba profondément : l'homme qui avait acheté Shamrock était accoudé à la buvette en grande conversation avec un groupe de coachs. Un frisson me parcouru mais je me ressaisis : je devais aller de l'avant.

Lucille m'avait coaché toute la semaine, Mont-Blanc était sublime grâce aux soins de Léon qui m'avait soutenu les jours précédents le concours. J'avais pleuré de nombreuses fois, de stress, de doute et de peur. Edouard avait été là également et m'avait solidement épaulé.

Anaïs et Julia s'étaient réconciliées et m'ignoraient totalement, Adam allait beaucoup mieux et était désormais sorti de l'hôpital. Il avait encore besoin de rééducation mais il était sur la bonne voie.

"Allez ma chérie, c'est à toi dans cinq minutes..." me dit mon père du bord de la carrière alors que je finissais ma détente.

Mes parents eux aussi sortaient progressivement de leur crise financière et avaient pu se libérer pour venir m'encourager. La compétition s'annonçait sous son meilleur jour : Mont-Blanc avait de bonnes foulées et un caractère de guerrière ce jour-là.

Charline n'avait finalement pas pu se libérer pour m'accompagner mais Louis l'avait remplacé au dernier moment. Il récupéra ma veste de concours qui était superficielle par rapport à la chaleur. Le soleil tapait sur mon casque noir, je posais mes lunettes de soleil sur mon nez et fermais les yeux.

"Go !" S'exclama mon père alors que le précédent concurrent était à la moitié de son parcours.

Je poussais un profond soupir, flattais l'encolure de ma jument et pris le trot pour entrer dans l'arène.

La rumeur circulait déjà depuis mon arrivée sur le concours le matin même, mais lorsque je fus au centre de la carrière, celle-ci se confirma : Violette Desnat-Lahey était de retour.

Alors que le concurrent finissait son parcours tranquillement en laissant derrière lui deux barres à terre, je vis sur les bords du restaurant VIP des regards étonnés et des sourires immenses. Mes amis étaient là, ma surprise faisait de l'effet.

"Nous espérions un miracle aujourd'hui...le voilà ! S'exclama le speaker dans son micro, Violette Desnat-Lahey semblait avoir disparue, mais non : aujourd'hui elle nous présente Mont-Blanc de Hus. On lui souhaite bonne chance pour sa reprise !"

Je saluais le jury avant de lancer un galop confortable. Mont-Blanc était agitée mais j'étais confiante.

Nous franchîmes le premier obstacle avec facilité, ma jument balança les postérieurs à la réception mais se redressa avant d'aborder la combinaison qui suivait. Il n'y avait aucune option possible sur ce parcours, seulement le barrage en comportait. Je devais donc me concentrer sur mes sauts.

Mont-Blanc donnait beaucoup, elle avait une détermination impressionnante. Le triple sembla être une banalité, ses foulées étaient rebondies.

Elle me pris la main dans une ligne droite mais je parvins à la récupérer à la réception de l'oxer suivant. Ce saut avait été risqué car je n'avais plus de contrôle sur l'allure. La fin du parcours passa à quelques centimètres près. L'ambiance était pesante : Mont-Blanc était de plus en plus agitée et accélérait dès que je lui laissai quelques millimètres de mou dans les rênes. J'étais tellement concentrée que je remarquai à peine la musique du parcours sans faute et la clameur chaleureuse du public.

Je transpirais sous ce soleil de plomb, ma jument balançait encore des coups tandis que je repassais au trot. J'avais la tête en feu, je sentais des vertiges s'emparer peu à peu de moi et m'effondrais dès que je mis pied terre hors de la carrière.

Je me réveillai quelques instants après, dans les bras de mon père derrière les gradins. Il me proposait un verre d'eau que j'acceptais avec plaisir. Le froid me fit l'effet d'une congélation rapide du cerveau et ma vue devint soudainement plus nette.

"Il s'est passé quoi ? Demandai-je alors que le concours continuait de l'autre côté

- Un coup de chaud je pense. Tu es rouge comme un poivron," dit mon père avec un fin sourire

Louis tenait ma jument à quelques mètre de moi, elle aussi semblait parfaitement calmée et harassée par la chaleur.

"Il fait très très chaud...tu as passé ton après-midi en plein soleil, tu as fait un petit malaise ce n'est rien, dit mon père pour me rassurer

- Et notre parcours ?

- Sublime, parfait, excellent, prodigieux, magique, légendaire, rav i...

-...plus concrètement ?

- Vous êtes sélectionnées pour le barrage. Mais repose toi en attendant, il reste une vingtaine de participants encore."

Je me sentais encore faible mais je pris les rênes de Mont-Blanc et lui mis une serviette fraîche sur la nuque. Elle plaqua ses naseaux contre mes côtes et je la félicitai encore et encore

Nous étions quinze à nous présenter au barrage sur quarante deux concurrents. Mont-Blanc était plus calme, j'avais entièrement repris mes esprits et me sentais d'attaque pour affronter ce parcours.

Les options étaient nombreuses et je décidais de prendre les plus risquées, j'étais déterminée à mettre de côté ce mauvais épisode. Mon père me déconseilla ce choix dans un premier temps mais finit par capituler en voyant que ma décision était définitivement prise.

Ma boule au ventre disparaissait au fur et à mesure que je rentrais dans la carrière. Mont-Blanc était prête. Je l'étais aussi.

La cloche sonna, je n'hésitais pas une seule seconde et pris le départ au galop.Ma jument était équilibrée, son encolure gardait l'alignement avec son dos tout en enclenchant ses membres correctement.Il y avait cinq obstacles à franchir. Un oxer bleu en ligne courbe assez aisé, suivi d'un double vertical jaune qui avait causé quelques problèmes dans mon premier passage lorsqu'il était sous forme de triple, un oxer très large avec un sous bassement impressionnant en ligne droite. Les deux derniers étaient les plus risqués, un vertical en fin de courbe, ou en début selon l'angle d'abord et enfin un dernier oxer précédé par une grande ligne de galop qui ferait sans doute toute la différence.

Les précédents concurrents avaient eu beaucoup de difficultés sur l'avant dernier en voulant tenter une option risquée de couper la trajectoire et de le sauter sur la gauche.

Le premier saut fut une réussite, nous pûmes aborder sereinement le double. Je sentais le moteur rugir sous ma selle, Mont-Blanc avait retrouvé son mode « voiture de course » vers le premier obstacle de la combinaison tandis que je contrôlais l'équilibre. Mes mollets chauffaient, je me ressaisis et repris le contrôle. Deux foulées, le dernier du double était franchi. Je contournais un pot de fleur afin d'aborder le vertical droit, face à La Tribune du jury. Ma jument hésita, je ne lui offrais pas assez de marge dans les rênes mais franchit malgré tout. Mont-Blanc et Demoiselles étaient toutes les deux très performantes mais ne demandaient pas la même gestion et c'était difficile de s'adapter aux deux. Pour le dernier saut, je pris mon courage à deux mains : j'avais abordé le précédent obstacle au centre, ce qui me permettait de négocier la courbe avant la ligne droite avec plus de facilité que les cavaliers qui sautaient trop à gauche. La fin approchait à grandes foulées. J'avais un mal fou à retenir la puissance et la vitesse. Nous nous précipitions beaucoup trop sur les barres et je craignais que l'abord soit trop allongé. Par un ultime effort dans l'allure, je redressai mon dos à l'excès et nous parvînmes à planer au dessus de l'oxer en réceptionnant à toute allure.

La fin du parcours avait été haletante pour Mont-Blanc, pour moi mais pour le public aussi qui avait retenu son souffle.

C'était un sans faute, je brandis mon poing dans les airs lorsque je fus appelée pour le tour d'honneur. Nous avions gagné la médaille d'argent et un immense sourire illuminait mon visage tandis que les applaudissements retentissaient.

Quelle joie de ressentir ces sensations de pleinitude face à la victoire.

Mes parents me prirent dans leurs bras, ma mère pleurait et Louis ne parvenait pas à décrocher son immense sourire.

Alors que je préparais le van pour le retour, je vis deux personnes totalement inattendue apparaître face à moi. L'une d'entre elle était en fauteuil roulant.

« Adam ! » M'écriai-Je

Et voici la suite ! Quels sont vos retours ?

Le couple Violette / Mont-Blanc vous plait-il ? personnellement je l'adore !

L'arrivée d'Adam...qu'en pensez-vous ?

CHAPITRE 22 | Fêter la victoire.

J'étais si surprise de l'arrivée d'Adam que j'en avais oublié mon rendez-vous avec mes amis. Je me promis de leur envoyer un message d'excuse et de leur renvoyer une invitation en soirée plus tard.

Charline accompagnait son fils et me proposa un repas au restaurant le soir même afin de fêter ma médaille d'argent. J'acquiesçais avec plaisir et rejoins Louis pour rentrer au haras et soigner Mont-Blanc.

Mes parents avaient du repartir rapidement après mon tour d'honneur, j'étais attristée par leurs passages furtifs. J'avais très peu de relations avec eux si ce n'est quelques appels et messages exécutés en vitesse. Ils me manquaient, mais je comprenais aussi qu'ils s'en voulaient atrocement d'avoir eu l'obligation de vendre mes chevaux.

"Allez, tout le monde en route !" S'exclama Louis en montant dans le camion.

Je mis une playlist au hasard et admirais le coucher de soleil à l'horizon alors que nous nous engagions sur l'autoroute. Quelques flots pendaient à l'arrière de ma tête, à mes pieds s'étalaient des tas de brosses, des licols et de longes emmêlées dans une couverture de remise de prix. Il s'agissait d'un véritable trajet de concours comme je les aimais tant : la musique, la satisfaction de la victoire, la caméra accrochée sous le rétroviseur me permettant de surveiller Mont-Blanc à l'arrière qui s'affairait à grignoter du foin dans son filet et le soleil qui reflétait sur ma peau.

Je bougeais la tête au rythme de la chanson tandis que Louis me racontait des anecdotes sur ses meilleurs concours :

"...mais comme j'étais le dernier concurrent j'avais encore plus de pression que les autres. Mon cheval de l'époque qui s'appelait alors Bali l'avait senti. Il est entré sur le carré sans que j'ai aucun contrôle ! J'ai été éliminé d'office. Pour un premier international c'était la catastrophe..."

Il trouvait toujours un sujet sur lequel rebondir et ne cessait de rire en se remémorant ces moments. Il ressemblait peu à son fils physiquement mais son rire était le même et toute la fin du trajet je ne pouvais m'empêcher de penser à Edouard qui était resté au haras. J'avais beaucoup de doutes sur notre relation.

Louis finissait son récit sur ses premiers championnats d'Europe alors que nous arrivions au haras. Le soleil s'était presque couché, je fis descendre Mont-Blanc.

Je lui fis des cataplasmes d'argile pour la nuit sur les membres et le dos et filais me préparer pour mon repas au restaurant.

Edouard me vit de loin et me fis signe :

"Alors, tout s'est bien passé ?

- Super ! Médaille d'argent... M'exclamai-je en brandissant ma coupe

- Ça se fête !

- Carrément...mais ce soir je ne peux pas."

Il était réellement déçu même s'il ne voulait pas le montrer.

"Demain si tu veux...je file me préparer, il faut absolument que je prenne une douche, je sens le poney transpirant !" Dis-je en riant

Je montais dans ma chambre, pris une douche fraîche bien méritée et fis une recherche approfondie d'une tenue de soirée. Je n'avais rien de convaincant pour une soirée avec Charline. En effet, la mère d'Adam ne pouvait pas m'inviter ailleurs que dans un restaurant gastronomique d'un bord de plage et ni mes combinaisons d'été, ni mes pantalons d'équitation ne pouvaient convenir.

Je fus obligée de demander une robe à Lucille. Je me retrouvais à essayer une grande tenue de soirée d'été légère très chic. Je n'avais pas tellement l'habitude de ce genre de vêtements. Les rares fois où j'en portais c'était lors des galas de la fédération ou des soirées de mes sponsors.

"Elle te va très bien ! Tu es magnifique !" Me rassura Lucille alors que j'essayais maladroitement une paire d'escarpins assortis.

"Ca ne fait pas trop ? Demandai-je alors que la mère d'Edouard me bouclait délicatement les cheveux

- Non. C'est parfait. Je connais Charline, elle sera habillée comme une princesse, toi il faut que tu ressembles à la reine."

Je ne pus m'empêcher de sourire, Lucille et Louis étaient adorables avec moi.

Je regardai dans le miroir le résultat final : mes cheveux semblaient beaucoup plus clairs et brillants, la longue robe au style bohème chic tombait sur mes chevilles et laissait apparaître des talons en cuir clair.

Quelqu'un frappa à la porte du dressing. Edouard passa sa porte dans l'entrebâillement discrètement .

"Charline de Pécha attend en bas dans le salon."

Il posa ses yeux sur moi et afficha un immense sourire qui me fit immédiatement comprendre qu'il aimait ma tenue. Cependant, il avait un air triste sur le visage qui ne me plaisait guère.

Je compris pourquoi lorsque je vis Adam qui parlait avec Louis dans la cour.

Je m'en voulais atrocement de faire subir ça à Edouard : j'avais refusé son invitation alors que je m'étais apprêtée pour me rendre à celui d'Adam. Etrangement, je fus heureuse lorsque Charline me complimenta et que son fils fit de même plus discrètement.

Je montais dans la voiture, les yeux baissés en saluant Louis et Lucille. Edouard était déjà rentré sans un signe de sa part. Mes sentiments étaient contrariés. Mon repas fut plus détendu mais je gardais un petit remord dans le coin de mon esprit.

Charline avait réservé comme prévu un excellent restaurant au bord de l'eau où se côtoyait l'intégralité de la jet-set locale. Ma tenue était de circonstance, je n'aurais pas été vu d'un bon œil si j'avais opté pour une combinaison trop décontractée. Adam était comme d'habitude hautain et prétentieux dans ses jugements et ne cessait de critiquer quiconque passait à côté de lui. Tandis que Charline était partie saluer une table un peu plus loin à la fin du repas, je me retrouvais en tête à tête avec mon ancien ami.

Il me raconta que sa rééducation se passait bien, qu'il allait retrouver quasiment toutes ses capacités d'avant. J'étais sincèrement heureuse pour lui. Il m'avoua cependant qu'il craignait d'avoir perdu sa réputation dans le milieu.

Je tentais de le rassurer lorsqu'il me coupa subitement. Le restaurant était bruyant, les coupes de champagne et les verres de chablis s'entrechoquaient tandis que des serveurs polis traversaient la salle avec de lourds plateaux chargés de fruits de mer et de mets savoureux sous une lumière tamisée. Les discussions étaient vives, certains parlaient politiques alors que d'autres préféraient les affaires ou encore le récit de leur dernier voyage "formidable" dans la Cordillère des Andes. Mais aucun de ces bruits ne me fit sortir de ma torpeur alors qu'Adam posait sa main sur la mienne. Il parla doucement, avec son accent de bourgeois parisien digne d'un véritable cliché :

"Violette, on peut parler sérieusement ?

- Je t'écoute...mais si c'est pour critiquer une énième fois la robe transparente de la fille derrière moi c'est pas la peine de prendre ce ton solennel.

- Non je veux vraiment parler.

- Je t'aicoute mon trai chair." Dis-je en exagérant son accent qui m'avait toujours amusé.

"Sans te foutre de moi c'est mieux.

- Bon ok...j'arrête," dis -je en essayant de contenir mon rire.

Adam était tellement tête à claque quand il prenait cet air strict, il ressemblait à un premier de la classe refoulé avec sa petite mèche rebelle qui pendait devant ses yeux. Ses yeux voulaient invoquer le sérieux, mais il y avait toujours une petite lueur qui indiquait le contraire. Adam avait beau être chiant, suffisant et prétentieux au premier abord, il était malgré tout drôle et complètement décoincé quand il le voulait.

"Donc, Violette. Je voulais vraiment te remercier d'avoir pris ma place en concours aujourd'hui. C'était...magnifique ! Honnêtement je ne pensais pas que tu y arriverais. Tu es surprenante.

- Merci...Je sais que je suis incroyable," dis-je avec ironie.

Nous hésitions entre partir en fou rire ou conserver notre air sérieux. La situation était tellement improbable ! Je n'avais pas parlé à Adam depuis des années, nous nous retrouvions sur de très mauvaises bases, il était victime d'un accident et au final nous nous retrouvons tous les deux en tête à tête dans un restaurant guindé de la Côte Fleurie. Et en prime, il était en couple avec une fille qui me détestait probablement. Mais au lieu que ce soit Julia face à lui, c'était moi. C'était à Violette Desnat-Lahey qu'il tenait la main ce soir, et non pas à Julia Somalion. Je fus joyeuse à cette pensée. C'était vicieux, certes, mais particulièrement grisant.

Charline semblait s'épanouir à table avec ses amis, elle nous fit signe de sortir si on le souhaitait, et qu'elle réglerait l'addition après.

Les embruns marins étaient agréables dans cette douce soirée de fin d'été. La route était plate, Adam n'avait pas de difficultés pour se déplacer en fauteuil. Je pouvais donc librement marcher à côté de lui.

Nous restâmes silencieux un long moment. Nous finîmes par trouver un petit bar chaleureux dans lequel je proposais d'entrer.

Le bruit était moins assourdissant que dans le restaurant et nous pûmes nous installer dans un coin tranquille.

"Je préviens ma mère que nous sommes là, mais la connaissant elle va encore parler un bon moment."

Je commandais deux schweppes qui arrivèrent tristes et fades face aux cocktails pétillants des tables voisines.

Adam ne cessait pas de me remercier et de me féliciter :

"Ils t'ont injecté un produit pour devenir aimable quand tu étais à l'hosto ? Demandais-je alors que je recevais un énième compliment sur mon parcours.

- J'ai toujours été aimable."

Je ne pus m'empêcher de sourire. Au même moment une sonnerie d'un téléphone voisin fit retentir une chanson paillarde revisitée. C'en était trop et j'explosais de rire. La situation était trop improbable pour être vraie. Adam fit de même.

Pour la première fois depuis des années, je retrouvais notre complicité d'avant. Son rire était devenu plus grave et plus adulte mais son sourire était toujours aussi incroyable. Nous ne rions pas vraiment pour cette sonnerie ridicule que l'honteux propriétaire essayait vainement de faire taire.

Nous rions car nous repensions au ridicule de notre froid ces années passées. Nous rions car nous étions enfin comme avant. Nous rions car nous savions que le hasard de se revoir au Haras du Lac n'existait pas vraiment. Que ce soit le destin ou autre chose de similaire, nous nous étions retrouvés après de nombreuses années et rien ne semblait pouvoir à nouveau séparer cette solide amitié qui nous liait depuis longtemps.

La soirée s'étant un peu éternisée par les multiples rencontres qu'avaient fait Charline, cette dernière avait refusé que nous dérangions Lucille et Louis à trois heures du matin et avait préféré me ramener chez eux, à Deauville.

La maison était surprenante, il y avait un immense jardin face à la mer et une piscine de nage à moitié couverte. L'intérieur ressemblait à un petit paradis sur terre. Tout était délicat et raffiné. La chambre d'ami était au sommet d'une tourelle, me donnant accès à une sublime vue sur l'horizon. Adam devait dormir dans un bureau aménagé pour son fauteuil au rez-de-chaussée. Ma journée avait été si longue que je m'effondrais lamentablement sur mon lit et m'endormis profondément jusqu'à ce que Charline vienne frapper à ma porte le lendemain matin.

Je me levais pour prendre mon petit-déjeuner avec des courbatures partout dans le corps. Je n'avais que ma robe comme tenue et me sentais quelque peu ridicule lorsque nous prîmes la route pour nous rendre au Haras du Lac en fin de matinée. Adam souhaitait rendre visite à Mont-Blanc et à Julia.

Le moment de gène fut encore plus grand lorsque je sortis de la voiture et vis Julia qui attendait sur le parking. Elle me jeta un regard étonné et sembla totalement décontenancée. Pourquoi avais-je passé la soirée en robe de gala chez Adam ?

Je m'éclipsais discrètement pour rejoindre la maison. Charline me suivait pour régler la pension mensuelle de Mont-Blanc. Mes joues étaient rouges et je craignais encore plus le moment où j'allais voir Edouard.

Je filais en vitesse dans ma chambre, pris une agréable douche qui décoinça mes articulations endolories et enfilais une tenue d'équitation à laquelle je tenais beaucoup. Une petite pointe de nostalgie me fit frémir en mettant mon polo de l'équipe de France. Je n'avais pas encore totalement fait le deuil de cette époque mais je m'en remettais progressivement.

Mes yeux se posèrent sur la coupe d'argent gagnée la veille et je fis un petit sourire. Une nouvelle époque avait commencé.

Je descendis quatre par quatre les marches, manquant de peu de m'étaler dans le salon en arrivant. Louis discutait tranquillement avec Charline sur le canapé et fis un petit signe indiquant que je me rendais aux écuries de dressage où j'espérais croiser Léon.

Edouard était là, discutant avec Léon et un groupe de cavaliers.

Lorsque Léon me vit, un immense sourire illumina son visage et laissa tomber son groupe pour me saluer.

"J'ai appris la nouvelle...deuxième place ! Tu es fantastique !"

Il me serra dans ses bras et Edouard m'aperçu à ce moment. Il fronça les sourcils mais finit par s'approcher aussi.

"Dis-moi Léon, ça te tente une petite balade au cross ? Demandai-je

- Carrément ! Je prépare The Last !

- Te dépêches pas...Demoiselle est encore au pré, le temps que j'aille la chercher..."

Je m'éloignais, Edouard vint avec moi sans prononcer un mot.

Il m'aida à ouvrir la barrière du pré tandis que Demoiselle venait à ma rencontre. Nous retournâmes aux écuries propriétaires toujours en silence.

"Tu as quelque chose à me dire ? Demandai-je alors que je voyais Edouard marcher nerveusement.

- Non...rien de spécial.

- Alors arrêtes de tourner en rond autour de Demy, tu la rends nerveuse."

Il s'arrêta et me regarda fixement :

"Tu comprends rien..."

Je le regardais, sans comprendre de quoi il en retournait :

"Qu'est-ce que je comprends pas ?

- Putain Violette, on s'embrasse le samedi et tout va bien et le lendemain tu passes ta soirée chez Adam ?

- Tu es jaloux ?

- Non...juste je ne comprends pas ce que tu veux."

Je m'arrêtais dans le pansage actif de ma jument.

"Tu veux que je te dise un truc ? Moi non plus je ne sais pas ce que je veux avec toi. La seule chose dont je suis sûre c'est que je pars en balade avec Demoiselle et que je ne souhaite pas me prendre la tête maintenant, je veux simplement profiter. Alors on en reparle plus tard si ça ne te dérange pas.

- Quand plus tard ? Quand tu me diras que tu ne peux pas car tu as Solista ou cette maudite Mont-Blanc à entraîner ? Quand tu auras cette prétentieuse de cavalière poney à coacher ? Ou peut-être même qu'on ne pourra jamais en parler car tu en auras décidé ainsi ?

- Tu es chiant. Au lieu de râler rends toi utile et vas me chercher un autre cure-pied que celui-là, dis-je en désignant l'objet cassé

- Non ! Je ne vais rien chercher du tout. Tu es insupportable, tu penses toujours être supérieure à tout le monde. Tu prends les gens pour de la merde. Tu peux critiquer Adam mais tu es exactement comme lui. Du moment que c'est pour ta gueule à toi, ça va !" S'exclama Edouard

Demoiselle commençait à s'agiter. Elle sentait les tensions, j'avais beau me contenir mes gestes étaient plus violents et secs. Elle essaya de me mordre tandis que je passais la brosse sur le passage de sangle. Sa sensibilité était immense et elle reprenait tousses vices dès qu'elle se sentait menacée.

"Edouard, on parlera de mon caractère de merde plus tard."

Il leva les yeux au ciel, je faisais tout mon possible pour ne pas m'énerver. Je mis la selle en vitesse, montais sur le dos de ma jument et m'éloignais sans dire quoi que ce soit.

Demoiselle fut agacée lorsqu'elle s'approcha de The Last mais elle l'oublia très vite lorsque nous partîmes au galop. Le rythme était effréné, je n'avais encore jamais vécu un instant aussi incroyable avec elle. J'étais largement au devant de Léon qui tentait vainement de nous rattraper. Ma jument avait de l'allure, mais elle avait peu de souffle, manquant d'entraînement. Nous nous arrêtâmes rapidement après une centaine de mètre sur la piste.

Je levais le poing au ciel en tirant la langue en direction de Léon :

"Tu as trouvé une digne concurrente de course !" Me vantai-je en flattant l'encolure de ma jument sur le chemin du retour. C'est seulement en revenant aux écuries et en voyant mon cure-pied étalé sur le sol que je repensais à Edouard et à notre différend.

Il était primordial que je prenne une décision.

Jessica Rodrigues

Chapitre 22...on approche de la vérité, les événements vont prendre du sens au fur et à mesure. Quelques personnes disparues depuis quelques chapitres ne devraient pas tarder à revenir ! Pour le meilleur et pour le pire.

Je n'ai pas fait de résumé dans ce début de chapitre car j'ai publié le précédent assez récemment :)

Violette est désormais dans une situation délicate...choisir Adam ou bien Edouard ?

Sa décision sera d'autant plus difficile à prendre dans les prochains chapitres...

A VOS AVIS !

(Je suis vraiment ultra contente d'avoir pour une fois réussi à publier deux chapitres dans un espace temps assez proche...espérons que ça continue !)

CHAPITRE 23 | Les gens sur qui compter.

Ce matin sentait la fin de l'été, une semaine était passée depuis la soirée avec Adam. Edouard me parlait peu mais j'étais tellement occupée par Mélusine, mes chevaux et mon stress de l'avenir que je n'y pensais même plus.

Adam était également sorti de ma tête : Demoiselle était mon seul véritable centre d'intérêt mais aussi mon plus gros problème. Nora pouvait débarquer à tout moment pour me demander l'argent de la vente, que je n'avais pas.

Cela me tordait le ventre, je ne parvenais pas à rester concentrée sur les cours de Mélusine. Chaque minute je pensais à Demy et j'imaginais déjà Nora la reprendre sous sa gouverne. J'en faisais régulièrement des cauchemars.

La pire situation de tous les cavaliers semblait s'acharner sur moi ces derniers temps : mes chevaux partaient les uns après les autres. J'étais impuissante.

Edouard vint me voir ce matin-là, il semblait avoir perdu toute animosité :

"Eh Violette...tu veux du café ? Me demanda t-il alors que je prenais mon petit-déjeuner

- Non merci.

- Pourquoi tu as l'air si mal depuis quelques jours ?

- C'est rien.

- Déconnes pas, après plus de deux mois à te supporter tous les jours je commence à te connaître.

- A ton avis ?

- Je serai tenté de dire que c'est Adam qui te tracasse mais je sais aussi que Demoiselle est plus importante que tout pour toi. Alors je pense que c'est elle le fond du problème.

- Exact."

Je répondais brièvement, je craignais de m'effondrer en larme si je parlais trop.

"Ecoute moi, même si je sais que tu ne vas pas le faire. Si je peux faire quoi que ce soit pour t'aider je le ferai."

Edouard semblait tellement sincère que je fus décontenancée. Je sentais que les larmes me montaient aux yeux mais je me ressaisis.

"Merci."

Je me levais et alla ranger mon déjeuner, que je n'avais même pas terminé.

Alors tandis que je marchais vers les écuries propriétaires, j'entendis une voix agacée :

"...tu te fous de moi ! Pourquoi tu fais le con comme ça ?"

Julia hurlait sur Adam, qui la regardait, impassible, comme à son habitude.

Je me sentis soudain mal à l'aise, même si la jeune fille ne m'avait pas encore vue. Je vis également Anaïs qui s'occupait de son cheval, Arsenic. Elle me lança un vague petit salut que je lui rendis presque tout aussi imperceptiblement.

Julia continuait son monologue tandis qu'Adam levait les yeux au ciel à chaque instant.

J'ouvris délicatement la pote du box de Demoiselle et celle-ci m'accueillit avec un doux hennissement. Elle semblait cependant agacée par les cris. Elle me jetait des regards intrigués et sortait la tête brusquement lorsque Julia recommençait à parler. Je ne connaissais pas la raison de leur dispute mais une chose semblait évidente : leur relation ne tenait qu'à un fil :

"Et ta super amie Violette qui est venue te voir à l'hôpital et qui t'a apporté de magnifiques photos. Sans oublier le fait que tu lui ai confié ta jument pour les concours...pour résumer tu veux coucher avec elle c'est ça ? Ne crois pas un seul instant que je ne suis pas au courant de tout...

- Au courant de quoi ? S'éveilla soudain Adam

- Ah là ça t'intéresse ! Au courant de vos histoires quand vous étiez en poney...

- Mais c'était il y a plus de six ans, qu'est-ce que tu racontes ?

- C'était il y a six ans ? Vraiment ? Et l'inviter au resto la semaine dernière ? C'est quoi ton excuse ? Ca fait deux mois qu'on est pas sortis tous les deux ensemble.

- Excuse-moi j'étais dans le coma.

- Et c'est pour ça que la première fois que tu invites quelqu'un au resto à la sortie de l'hôpital tu invites ton ex ?

- Mais ce n'est pas mon ex ! Arrêtes ta crise de jalousie. Tu me saoules.

- Pas de soucis. Mais sache une chose : Violette et Edouard c'est pour bientôt, elle passe tout son temps avec Léon, à croire qu'il n'est plus gay avec elle et sans te parler de tous ses autres amis à qui elle parle sans cesse."

C'en était trop. Julia me détestait sans aucune raison et me conférait une réputation désastreuse. Je sortis du box en trombe, les joues en feu :

"Julia !"

Elle se retourna brusquement, Adam fut tout aussi surpris :

"Qu'est-ce qui te prends à raconter des trucs pareils sur moi ?"

Anaïs sembla soudainement très intéressée par le fight à venir.

"Pourquoi ? Qu'est-ce qui est faux dans ce que j'ai dit ?

- Absolument tout. Je ne sors pas avec Edouard, Léon ne m'aime pas et il ne se passera jamais rien avec lui et les amis dont tu parles sont juste mes "amis" comme tu l'as dit.

- Pourquoi tu as embrassé Edouard si tu ne sors vraiment pas avec lui ? J'ai des preuves."

Adam me regarda avec une profonde déception, presque une lueur de tristesse dans le regard.

J'avais complètement oublié la photo que Julia avait prise le jour du concours au haras.

"Mais tu es vraiment malade !" M'exclamai-je alors qu'elle prenait Anaïs à parti en lui montrant la photo.

Adam la vit aussi et tous les trois me regardèrent avec dédain :

« Tu te rends compte que ta petite jalousie puérile te rend de plus en plus tarée ? »

J'en avais plein le dos de supporter Julia depuis deux mois, elle me haïssait sans raison. Anaïs était mal à l'aise et enroulait ses doigts dans les crins de son cheval. Adam, toujours assis sur une malle de pansage nous observait avec une lueur d'amusement dans le regard.

Julia secoua ses cheveux, me jeta un regard en coin et s'éloigna. Je poussais un soupir discret mais Anaïs brisa le silence qui s'était abattu :

« Pourquoi elle te déteste à ce point ?

- Tu devrais lui demander. »Je rentrais dans le box de Demoiselles et enfoui mon visage dans son encolure soyeuse. J'entendis Anaïs s'éloigner avec son cheval, quelques minutes passèrent puis Adam apparut sur le pas du box :

"Pourquoi tu m'as menti à propos d'Edouard ? Tu es avec lui n'est-ce pas ?

- Je n'ai pas menti. Je suis simplement perdue. Je ne sais pas quoi faire.

- C'est-à-dire ?

- Depuis que l'on se reparle, je ne sais plus où j'en suis.

- Il n'y a pas à savoir où tu en es.

- Comment ça ?

- Vas avec Edouard si ça te fait plaisir.

- Et...et nous deux ?

- Nous deux ? Qu'est-ce que tu crois ? Que je vais quitter Julia pour toi ? L'époque poney est terminée. Je trace ma route et tu traces la tienne de ton côté. D'ailleurs je voulais te remercier d'avoir monté Mont-Blanc ces derniers temps, mais maintenant je n'ai plus besoin de ton aide. Je reprends l'équitation dans quelques semaines et je vais changer d'écurie pour être plus proche de chez moi." Il tourna les talons et s'éloigna.

Les larmes me montèrent aux yeux, Adam venait de renier en bloc notre relation et il avait décidé de partir (à cause de moi ?).

La matinée passa sans que la joie de vivre ne repointe le bout de son nez. Demoiselle avait été merveilleuse en dressage mais je n'avais même pas remarqué ses prouesses. Je montais automatiquement, sans en avoir vraiment conscience. C'est seulement à la fin du cours, alors que Louis me disait de me concentrer que Demy me fit comprendre ce qu'elle pensait : elle a envoyé ses postérieurs en l'air et a freiné brusquement refusant d'avancer. Dès que je lui ordonnai de marcher, elle bloquait ses antérieurs et secouait sa tête.

J'essayais vainement de repartir, Louis m'aida...mais rien n'y faisait. La jument restait plantée là.

Au bout d'une dizaine de minutes je m'approchais de son encolure et chuchotais doucement :

"Demy, je suis désolée je n'étais pas présente avec toi. Je vais faire des efforts."

Je lu flattais l'encolure et lui gratta le garrot en chuchotant des mots rassurants, quelques secondes plus tard la jument fit un premier pas et se remit au travail.

C'était la preuve flagrante de l'incroyable sensibilité de Demoiselle, je me devais de laisser mes problèmes de côté quand j'étais avec elle. Rien ni personne ne devait briser la confiance qu'elle avait désormais en moi et inversement.

En retournant aux écuries, j'avais retrouvé le sourire. Demy était joyeuse et je l'amenais brouter devant la maison pour la récompenser.

Un éclat de lumière depuis le parking me fit l'effet d'un coup de poignard : une Mini se garait à l'instant.

La portière claqua et à ma grande surprise, Nora était accompagnée d'une fille de son âge.

Elle prit le chemin des écuries de dressage et revins quelques minutes plus tard, un grand sourire aux lèvres et repartit vers les écuries propriétaire. Demoiselle et moi n'avions pas bougées, presque invisibles.

Je sentais la haine et le désespoir m'envahir alors que Nora venait vers moi un quart d'heure plus tard : son faux sourire, son regard hautain et sa démarche trop sûre d'elle.

"Violette, tu es là ! Je t'ai cherché partout.

- Bonjour."

Je levais le menton, redressais mes épaules autant que je le pouvais : c'était un véritable combat de coq, à qui serait la plus prétentieuse et suffisante. Et je savais que la gagnante garderait Demoiselle.

Je pris alors ma voix la plus froide :

"Demoiselle va bien. Je sais que tu n'as pas daigné prendre de ses nouvelles depuis ces dernières semaines mais je souhaitais te tenir au courant.

- Oh je suis tellement confuse. Victoria -elle désigna la fille à ses côtés- m'a invité à Sorrente et après ça j'ai fait un stage de saut de haut niveau en Suisse...j'a complètement zappé le Haras du Lac.

- Je suis ravie d'apprendre que tu as passé un bel été. Je n'étais pas au courant pour ton stage de saut, en revanche j'ai appris que tu passais régulièrement dans un centre équestre voisin pour prendre quelques cours."

Nora sembla gênée et changea de sujet :

"Venons en au fait. J'imagine que tu as trouvé l'argent de la vente ?

- Je..."

Au même moment Edouard arriva sans aucune délicatesse, ne prit pas la peine de saluer les deux filles et déclara tout haut :

"Le virement ne prendra que quelques heures à être effectué.

- De quoi tu parles ? Lui demandai-je soudainement

- Pour payer Demoiselle.

- Mais quel virement...je n'ai p...

- Tu as tout ce qu'il faut pour conclure la vente. Maintenant, sauf si vous souhaitez profiter de notre magnifique propriété avec le parc arboré et son architecture du dix huitième siècle, vous pouvez prendre votre voiture et disposer, dit-il à Nora et son amie avec l'air le plus suffisant et efficace qu'il n'ait jamais utilisé devant moi.

- Attendez je ne peux même pas profiter de ma jument ? C'est quoi cette blague ? Demanda Nora, piquée.

- Ma chère mère nous attend pour le déjeuner, nous ne pouvons pas la faire languir plus longtemps. Je vous demanderai donc de bien vouloir quitter les lieux et de revenir, si vous le désirez, dans l'après-midi. Et entre personnes de bonne éducation, si je peux me le permettre : vous venez de passer deux mois sans prendre l'once d'une nouvelle de votre jument bien aimée, préférant sans aucun doute les beaux italiens de la côte Amalfitaine, et j'espère ne point trop m'avancer en supposant que quelques heures de plus ne feront pas la différence."

Nora secoua la tête, prise de cours. Elle s'éloigna et me fit comprendre qu'en effet elle reviendrait dans l'après-midi.

Je me tournai vers Edouard lorsque les deux filles furent parties :

"C'est quoi ce bordel ?

- Ne me remercie pas.

- Ah non clairement je ne te remercie pas : tu viens de conclure une vente avec de l'argent que je n'ai même pas."

Edouard me prit la longe des mains et me fit signe de le suivre vers les écuries propriétaires.

"Mates ton compte en banque si tu ne me fais pas confiance."

Excusez moi pour la photo pas du tout aesthetic mais j'ai trouvé les naseaux de mon cheval beaucoup plus aes que n'importe quoi d'autre.

Soooo voici le chapitre qui nous montre que la fin est proche ! (ne vous inquiétez pas, il y a encore quelques aventures à venir !)

J'attends vos réactions, commentaires, coups de gueule...bref tout ce que vous pensez !

CHAPITRE 24 |
Retourner sa veste.

Précédemment : Nora a refait surface, souhaitant voir la progression de sa jument Demoiselle. Adam a annoncé son départ des écuries après avoir coupé les liens avec Violette de manière sèche.

"Edouard...s'il te plaît. Je ne peux pas accepter dix mille euros de toi alors qu'il y a deux mois tu ne me connaissais même pas."

Voilà deux heures que j'espérais vainement faire entendre raison à Edouard, qui avait sans prévenir, versé sur mon compte l'argent qu'il me manquait pour l'achat de Demoiselle. J'étais étonnée : Edouard ne travaillait pas, il étudiait, il n'avait pas bénéficié de l'héritage d'un parent et il parvenait malgré tout à effectuer un virement aussi important.

J'étais partagée entre une profonde gratitude et un sentiment de méfiance : essayait-il d'acheter mes sentiments ? Pourquoi faisait-il une offre si généreuse ?

Nora revint dans l'après-midi, elle avait prévu d'essayer Demoiselle aux barres, pour constater l'avancée de mon travail. J'aidais Louis à installer un petit parcours tandis que Nora détendait.

La jument était à l'écoute, un peu tendue sur les rênes, la cavalière était crispée mais l'allure était souple. Nora avait une bonne position, malgré quelques défauts liés au manque de pratique sans doute je ne pouvais que constater qu'elle avait un certain niveau.

La jument conservait sa cadence, j'étais impressionnée par les progrès de Demy, sa propriétaire semblait tout aussi surprise.

Elle refusa une fois la barre, par manque d'équilibre et Nora se pencha sur l'encolure mais la jument ne broncha pas, elle revint ensuite sur l'obstacle à merveille et nous finîmes la séance sur un vertical à un mètre trente.

Il y avait des blocages, liés au manque de contact avec la cavalière et à une allure un peu trop irrégulière par moment. Mais dans l'ensemble l'essai avait été concluant.

Une fois douchée et brossée, Nora vint vers moi, le sourire aux lèvres :

"Cet essai était...formidable.

- Top. C'est super si tu es satisfaite.

- En revanche, j'ai changé de job entre temps, je suis en alternance avec mes études et j'ai beaucoup plus de temps libre."

Je ne comprenais pas où elle voulait en venir, je fronçais les sourcils, inquiète :

"Tu veux dire quoi ?

- Simplement que j'ai repris l'équitation dans une écurie à proximité d'ici, le saut plus précisément et vu les capacités de Demoiselle, j'ai pris une décision."

Mon pouls s'accélérait, mes mains étaient moites et je pressentais une mauvaise nouvelle :

"Je vais la garder." Déclara simplement Nora en otant son casquer et secouant ses cheveux.

Je la regardai, incapable de parler :

"Bien sûr, je te paierai pour le travail que tu as fait avec elle cet été. Mais je pense qu'on s'entend bien toutes les deux et que je dois la garder. J'espère que tu comprends."

Les mots ne sortaient plus, j'étais inapte à émettre le moindre son. Louis apparut alors, après être allé chercher Django au pré. Il vit mon teint, sans doute pâle comme la mort et mes yeux perdus dans le flou :

"Tout va bien ? Demanda t-il, inquiet.

- Super, l'essai était génial. Du coup je vais garder Demoiselle, elle n'est plus à vendre."

Louis ne sembla pas étonné et répondit du tac au tac :

"Je me doutais qu'elle vous plairait après cet essai. Mais je pense que si une personne sur Terre mérite de vivre quelque chose de merveilleux avec cette jument, c'est Violette. Vous n'avez fait que poser vos fesses sur la selle avec laquelle Violette a passé son été à travailler, à bâtir une relation, à créer un lien et à faire progresser Demoiselle. Tout ça parce qu'elle pensait à la fin de l'été avoir la légitimité d'obtenir les documents de propriétaire afin de reconstruire sa carrière. Elle a bossé, chaque jour, elle a continué à s'entraîner. Elle a même obtenu un contrat pour coacher une jeune cavalière, elle a assisté Lucille sur les concours. Bref, Violette est une passionnée, qui s'est crevée pour corriger vos erreurs, et elle mérite plus que quiconque de devenir la propriétaire de votre jument. Je parle, mais finalement je sais très bien que vous ne tiendrez pas compte de mon discours car vous êtes simplement...une mauvaise cavalière qui n'aura pour gloire que le fait d'avoir une jument dressée par une championne. J'espère avoir le plaisir de vous retrouver sur un terrain de concours d'ici peu afin de constater vos progrès et votre talent. En attendant, je vous propose de venir chercher Demoiselle dans la soirée, sans plus tarder. Je ne veux plus vous revoir ici."

Nora acquiesça, releva la tête et s'éloigna. Elle n'avait pas même daigné me saluer, me remercier ou même me parler d'un quelconque financement.

Mes yeux se remplissaient de larmes mais je restais muette. Louis essaya de me rassurer mais rien n'y faisait; Des options stupides passaient en boucle dans ma tête : "je pars à cru, je m'en vais, je fuis, j'enlève la jument." Mais rien de tout cela n'était envisageable. Désormais, rien n'aurait plus d'effet : j'avais l'argent, le mérite et le niveau mais Demoiselle m'était inaccessible.

Je repartis à la maison, les joues rouges, les poings serrés. Edouard était tranquillement installé sur un transat, en pleine discussion avec sa mère. Lorsqu'ils me virent ils arrêtèrent leur discussion.

"Violette ! Racontes-nous !"

Ils aperçurent mes larmes par la suite :

"Il n'y a rien à raconter : je n'ai pas acheté Demy.

- Pourquoi ? Elle a augmenté le prix ?

- Non. Elle veut la garder."

Mes jambes tremblèrent et mes larmes coulèrent en torrent. Édouard me prit dans ses bras, Lucille avait attrapé ma main. Je ressentais une profonde impuissance et surtout de la haine envers moi-même : «comment avais-je pu être aussi naïve ? » Nora avait sans doute prévu son coup depuis le début, j'étais tombée dans le piège et je m'en mordais les doigts.

« Doucement chérie, ne pleure pas...chuchotai Lucille tandis qu'Édouard était parti me chercher un verre d'eau

- Je...je me sens tellement nulle. Je vais devoir regarder Demy partir sans agir...et une fois de plus...perdre un cheval. »

La soirée fut déprimante au possible : Lucille et Louis étaient invités chez des amis, je voyais Nora charger Demoiselle sur le parking, il ne restait que Edouard. Mais ce dernier avait été appelé en urgence chez un ami largué par sa copine. J'étais donc seule, dans la grande maison. Seule parce que le van de Demy s'éloignait sur la route, seule parce qu'aucun bruit ne régnait dans la maison et seule parce que j'avais l'impression, une fois de plus qu'on m'arrachait ce qui m'était cher.

Le soleil commençait à décliner à l'horizon, au-dessus des arbres.

Par un accès de folie je pris mon téléphone pour envoyer un message à Adam.

Il vit mon message cinq minutes plus trad, mais ne répondit pas. Je me sentais encore plus bête, j'avais besoin de quelqu'un.

Léon fut à la maison vingt minutes après mon appel, il avait une tête d'ahuri, avait passé son après-midi à la plage et revenait avec du sable dans les cheveux et sur les bras.

"Holà chica ! S'exclama t-il en relevant ses lunettes de soleil sur la tête à la sortie de sa voiture, affichant son plus beau sourire. Il avait bronzé et ses dents blanches contrastaient avec sa peau, son visage était radieux. Je m'en voulais de lui gâcher sa journée.

- Léon.

- Qu'est ce qu'il se passe ?

- Demy. Elle est partie. Nora l'a prise."

Il se contenta de me serrer dans ses bras. Sans un mot.

"Viens avec moi." Finit-il par ordonner.

Je le suivis dans la voiture. Il démarra et conduisit une grosse demi-heure. Il se gara sur un parking, entouré d'arbre. Je n'étais jamais venue là, l'endroit était désert. Il prit une glacière dans son coffre et me fit signe de venir avec lui.

Nous arrivâmes au sommet d'une dune après une dizaine de minutes de marche, la mer s'étendait à l'horizon, reflétant les derniers instants de lumière de la journée.

J'otais mes chaussures pour me rapprocher de l'eau. Le sable était frais là où les vagues s'étaient écrasés dans la journée. La marée était basse, la plage vide. Léon s'installa dans le sable, ouvrit la glacière et en sortit vin et pique-nique.

"Tu avais tout prévu ? M'exclamai-je, surprise par tant de nourriture.

- J'ai senti que tu n'allais pas bien quand tu m'as téléphoné, j'ai pris l'initiative de m'arrêter pour acheter de quoi manger sur la plage, rien qu'avec toi."

Je fis mon plus grand sourire, sincère et chaleureux :

"Merci mec."

J'ouvrais avec joie les multiples paquets qu'il avait acheté dans une épicerie locale : du pain, du fromage, des gressins,des fruits et légumes frais, une bouteille de vin blanc et de la charcuterie. Il avait même acheté un paquet de verre à pied :

"Tu les a acheté juste pour l'occasion ?

- Oui. Je n'en n'avais pas dans ma voiture. Et c'est hors de question de boire du vin dans un gobelet."

Je souris, ce dîner dans cet endroit magique avec Léon me permettait au moins de retrouver le moral.

Le soleil s'était couché depuis longtemps déjà, nous avions fini le repas mais je grignotais encore quelques amandes fraîches sous le clair de lune. Je n'avais aucune envie de rentrer, seule à la maison. Edouard ne devait pas être rentré, Lucille et Louis dormiraient sans doute chez leurs amis.

Léon devait cependant retourner chez lui et je du, malgré moi retourner au haras. Avant de quitter la voiture, je serrais Léon dans mes bras, le remerciant de cette surprise.

"Ça m'a fait plaisir de te voir ce soir. Je viens demain matin pour travailler Last, je t'appelle quand j'arrive."

J'acquiesçais et émis un fin sourire :

"A demain. Bonne nuit, et fais gaffe sur la route."

La maison était éclairée, Edouard était attablé devant une pasta box, dans un silence pesant, il était presque minuit.

Il leva les yeux alors que je rentrai :

"Violette, je suis désolée de t'avoir laissé ce soir.

- Pas de soucis ce n'est pas grave. J'étais avec Léon.

- Tu vas bien ?

- Pas spécialement. Mais cette soirée m'a redonné un peu le moral."

Edouard se leva et s'approcha de moi. Je le pris doucement dans mes bras.

"Mon pote était vraiment mal, il vient de se faire jeter comme une merde par sa copine. Il était avec elle depuis plus d'un an.

- J'imagine. T'es un bon ami. Tu t'es déplacé pour lui en pleine soirée. Il a de la chance de t'avoir.

- Peut-être."

Il hésita avant de reprendre :

"Tu peux compter sur moi aussi, tu le sais.

- Mon compte en banque le sait.

- Non sans parler de fric, on s'en fout de ça. Juste moralement tu peux compter sur moi, tout le temps. Et je m'en veux de t'avoir laissé ce soir.

- Je ne t'en veux pas. No problem.

- Je peux te poser une question ?

- Yep.

- Tu es sûre que tu vas bien ?

- Oui, je suis juste fatiguée."

Edouard me regarda dans les yeux et prit ma tête entre ses mains.

"Très fatiguée, tu es pâle et cernée.

- Merci pour tes compliments.

- Je suis sincère au moins, tu es toujours aussi belle mais tu es épuisée. Je suis inquiet pour toi."

Je souris doucement en posant ma tête contre son épaule :

"Alors je vais dormir."

Je l'embrassais sur la joue, mes yeux se fermaient tous seuls, je ne sentais plus mon corps. Je me dépêchais de rejoindre ma chambre et m'effondrais sur mon lit, rejoignant au plus vite le monde du rêve, là où Demoiselle était encore avec moi, sur la plage, lancée dans un galop vertigineux.

Je ne savais vraiment pas comment vous présenter ce chapitre, comment mettre en relief une nouvelle aussi importante dans l'histoire. J'attends vos réactions !

Violette ne semble pas encore se rendre compte de ce qu'elle vient de perdre. J'ai vraiment hâte de vous présenter la suite mais je suis très heureuse actuellement de vous publier ce chapitre !

A vos avis !

CHAPITRE 25 | Mâcon et proposition.

On pense parfois que le temps efface les douleurs, les traumatismes et les souffrances. Mais je commençais à penser que tout cela n'étaient que des phrases préfabriquées, servant à réconforter les petits tracas du quotidien.

Voilà quinze jours déjà que Demoiselle avait quitté les écuries, je n'avais aucune nouvelle. Où était-elle ? Nora l'avait-elle vraiment gardée ? Qu'allait-elle devenir ?

Je montais Solista presque chaque jour, déterminée à aller toujours plus haut, toujours plus vite. Si Nora pensait m'avoir ôté le goût de la compétition, elle s'était trompée : jamais je n'avais eu ce goût de victoire aussi fort. J'étais désespérée d'avoir du quitter Demoiselle, comme je l'avais été pour Shamrock. Mais cette fois ci, j'avais la hargne, je voulais prouver de quoi j'étais capable.

J'étais engagée pour le week-end dans un trois étoiles à Mâcon-Chaintré, à plusieurs heures de route des écuries. J'avais donc prévu de partir deux jours avant, avec Edouard au volant et Lucille nous rejoindrait la veille pour me coacher le jour J. Nous arrivâmes dans l'après-midi aux écuries, j'installais Solista dans son box, dans le calme. La météo était clémente, je n'avais jamais vraiment visité la Saône et Loire, et je proposais de profiter des deux jours libres à venir pour mieux connaître le coin.

Je m'étais considérablement rapprochée d'Édouard ces dernières semaines, il me soutenait tous les jours et j'étais même parvenue à lui redonner l'envie de monter à cheval. Il avait donc emprunté un cheval à son père, Orka Du Lac, une jument de quinze ans, qui avait été mise à la retraite quelques mois auparavant. Édouard la montait simplement pour reprendre confiance et ressentir les nouvelles sensations. Orka avait eu une carrière exemplaire et méritait sa retraite plus que tout, il n'était donc pas question de l'épuiser à la tâche.

Mais malgré notre bonne relation, l'idée du couple officiel ne me convenait pas et il semblait l'avoir accepté et même s'être fait à l'idée que je ne tombais pas facilement dans les bras de quelqu'un.

Adam n'avait jamais répondu à mon message envoyé le jour du départ de Demy, j'avais mis ça de côté, préférant oublier tout ce qui ne me convenait pas.

J'étais simplement déterminée, j'avais placé mon cerveau sur des rails et je traçais mon chemin, sans me perdre dans des considérations inutiles. Je n'avais pas perdu espoir, bien au contraire : j'étais plus motivée qu'auparavant. Mes pensées étaient triées, organisées, elles avaient cessé de m'envahir.

Nous passâmes un premier jour formidable, je détendais Solista le matin à la fraîche dans un warm-up à cent vingt centimètres avec d'autres cavaliers, participants ou non au concours du week-end. L'ambiance était bonne, les coachs des concurrents nous donnaient aussi des conseils. Nous faisions ainsi la connaissance de nouveaux professionnels, chose qui pouvait n'être que bénéfique pour ma situation. En observant la détente des autres depuis le bord de la carrière je rencontrais un jeune éleveur de selle-français que je ne connaissais pas et qui semblait pourtant m'avoir déjà rencontré :

"Mais si, je me souviens très très bien de toi. Tes résultats à Chantilly il y a quelques années m'avaient impressionné...avec, comment s'appelait ton cheval déjà ?

- Shamrock.

- C'est ça ! Il t'accompagne toujours en concours ?

- Non...j'ai malheureusement du le vendre."

Il semblait déçu et finit par dire :

"Ce sont des choses qui arrivent. Mais généralement, lorsqu'un cheval de coeur s'en va, c'est pour laisser plus de place à un nouveau."

Je souriais doucement, essayant de me convaincre de la véracité de ces propos.

"Il y a des cafés sympas à Mâcon, je peux me permettre de t'inviter ? Me demanda soudain l'éleveur.

- Avec plaisir !" Dis-je tout sourire.

Après avoir prévenu Edouard de mon départ par sms, tandis qu'il dormait encore dans le camion, je suivis ma nouvelle connaissance dans son pick-up jusqu'au centre ville.

Nous nous installâmes sur une terrasse encore vide, le café venait tout juste d'ouvrir. J'en profitais pour demander le nom de l'éleveur :

"Andrew. Mais Andy ça me va !"

Je souris doucement :

"Tu montes à cheval ? Ou juste de l'élevage ?

- J'ai fait beaucoup de cross avec les bon éléments que ma mère gardait et puis j'ai arrêté depuis que j'ai repris la gestion. Je n'ai plus tellement le temps.

- Tu étais cavalier pro ?

- Amateur, et parfois je sortais en pro pour les meilleurs chevaux afin de les valoriser. Mais j'étais en prépa véto et j'ai tout laissé tomber il y a trois ans pour reprendre le flambeau. J'ai donc vingt quatre ans, une entreprise à faire tourner, un peu au ralenti ces derniers mois et pas une journée de repos.

- La belle vie.

- Je l'ai choisi. Je ne vais pas m'en plaindre ! Je suis chanceux d'avoir d'aussi bons chevaux qui se vendent rapidement et qui font de bons parcours. Deux d'entre eux sont au Cadre Noir pour une formation en saut et en complet pour éventuellement être vendu à un espoir olympique. Mais rien n'est sur...pour le moment !

- Alors tout est parfait...pourquoi dis-tu que ça tourne au ralenti ?

- Je manque de cavaliers entraîneurs et de tête d'affiche."

Je marquais un temps d'arrêt. Je bus d'un trait ma tasse de café et regardais le dénommé Andrew avec stupéfaction. Cette invitation au café n'était pas anodine.

"Que veux-tu dire ?

- Ecoute, je ne vais pas tourner autour du pot. Je suivais tes per-
formances depuis un moment et puis tu as tout arrêté du jour au
lendemain. Et tu es revenue avec une dénommée Mont-Blanc de
Hus, sortie de nulle part pour rafler le podium. J'ai donc contacté
ton écurie de départ, celle de tes parents qui m'ont appris que tu
étais désormais au Haras du Lac et que tu n'avais pas spécialement
d'objectif."

Mes yeux devaient trahir ma surprise mais aussi mon incertitude :
que devais-je répondre ?

Andrew coupa court à ma réflexion :

"Si ça t'intéresse je peux te proposer quelque chose. Selon tes résultats du week-end sur le trois étoiles avec Solista, je peux te mettre
dans la valorisation de jeunes chevaux et si tu en trouves un qui te
plaît tu deviendras tête d'affiche et je t'aiderais à trouver de nouveaux
sponsors. Pour résumer je te propose un emploi sur et stable."

Cette offre était une opportunité en or.

"Où sont situées tes écuries ?

- En Suisse."

La nouvelle me fit l'effet d'un choc : cela signifiait changer de pays,
d'habitudes, quitter le Haras Du Lac, Solista, Edouard et...Demoi
selle. Car malgré tout, Demy n'était pas une cause perdue et j'avais
toujours espoir de la récupérer.

"J'y réfléchis. On peut se revoir dimanche pour en reparler en fonction de mon résultat."

Andrew acquiesça et se leva pour reprendre la direction du pick-up et des écuries. A peine débarquée, je filais vers le camion pour annoncer la nouvelle à Edouard.

Il accueillit celle-ci avec un sourire un peu faux.

« Genre...quand tu dis Suisse...c'est vraiment la Suisse ?

- Oui, généralement quand je dis Portugal je ne parle pas du Vietnam...il a vraiment ses écuries en Suisse et ça peut être une opportunité incroyable !

- Super ! C'est cool...tu vas accepter ? Demanda t'il un peu hésitant

- En fonction de mes résultats et de la notoriété de ses écuries il se peut que je signe mon contrat à la fin du week-end ! »

Édouard sembla désemparé, il ne souhaitait pas le montrer mais ses yeux le trahissait : il était bouleversé.

Je n'étais pas stressée pour ma décision, je comptais sur mes résultats pour m'indiquer le chemin à suivre : un top 10 ? Je prenais mon billet pour la Suisse. Au-delà du top 10...je restais en France, au Haras du Lac, ou peut-être ailleurs à attendre un coup du destin pour m'envoyer Demoiselle. La vie d'Helvète me semblait alors être la meilleure solution.

Je proposais à Edouard de partir visiter les environs, nous avions la journée devant nous. Nous prîmes toutes les routes les plus perdues pour profiter au maximum des vues sur les vignobles. Nous arrivâmes à Chalon-Sur-Saône vers midi. Nous prîmes un menu du jour dans un petit resto coincé au fond d'une impasse. Un repas en tête en tête en toute simplicité. J'étais heureuse que notre relation soit finalement simple et détendue.

Étrangement, le départ de Demoiselle avait révélé quelque chose en moi, qui avait à peine émergé au départ de Shamrock : la volonté de me dépasser. Je voulais sourire au monde, rire, rencontrer des gens, vivre...telle une sorte de vengeance à l'égard de Nora, bloquée dans son vice et sa perfidité. Elle souhaitait garder Demoiselle ? Qu'elle le fasse si cela peut lui faire plaisir. J'étais persuadée qu'elle se rendrait compte de son erreur très bientôt. Je vivais cette épreuve avec une philosophie qui me surprenait. J'avais énormément grandi ces derniers mois, j'avais changé. Cependant je gardais en fond d'écran cette belle photo que Léon avait capturé un mois plutôt lors d'une sortie en balade avec Demy, le soleil couchant sur les champs, passant à travers les feuillages d'un magnifique arbre. Ma jument pointait ses oreilles et son regard vif vers la caméra et j'avais un immense sourire.

Edouard repéra une location de vélo et j'acceptais avec joie. Malgré ma robe et mon sac à main je suivis Edouard sur des petits sentiers champêtres. Nous pûmes visiter un vignoble, goûter les vins et acheter des pâtisseries locales. Cette après-midi là je ne pensais à rien d'autre qu'à profiter, laisser échapper mes idées négatives et juste prendre le temps d'être heureuse. Nous rentrâmes aux écuries au moment où le soleil déclinait. Je passais saluer Solista qui paissait dans un paddock loué pour le week-end.

Le lendemain fut tout aussi paisible, Lucille arriva dans la soirée et nous invita au restaurant.

Le jour du concours arriva, le stress était toujours absent. Solista était disponible, décontractée et je n'avais aucun doute sur le parcours. Celui-ci était relativement complexe mais j'avais vu pire et avec des chevaux moins francs. Je passais au numéro sept, chiffre qui me plaisait pour son côté légendaire...et aussi pour mon côté superstitieux : tous mes passages en sept s'étaient toujours soldés par un podium. J'étais plus que confiante. Sur la détente, je fis deux refus liés à mon manque d'équilibre. Solista demandait une constante présence dans le poids du corps, sur tous le parcours, il s'agissait de jauger au centimètre près la tension à conserver. Si je lâchais, elle se laissait aller et n'était pas assez redressée à l'abord.Notre tour fut réglé comme une horloge. Un sans-faute qui nous fait terminer à la sixième place.

Andrew m'aborda après avoir posé les bandages et les massages sur Solista. Je finissais d'ôter l'argile sur mes mains alors qu'il posa une main sur l'épaule :

« Beau parcours...tu as réfléchi ?

- J'ai fait quelques recherches internet sur vos écuries, ça me correspond. Disons que j'accepte. A voir selon vos conditions !

- Sept chevaux à travailler par jour dans un premier temps, logement sur place et on s'arrangera au fil du temps. Tu peux déjà venir en essai.

- D'accord...ça me va. J'accepte ! »

Je lui rend mon plus grand sourire, des projets pleins la tête...et Demoiselle au bout du chemin. Je m'étais promis de la retrouver.

CHOSE PROMISE CHOSE DUE

Voici la suite de Demoiselles, j'attends vos retours sur cette nouvelle direction pour Violette ! Qu'en pensez-vous ?

CHAPITRE 26 |
Expatriation.

I l était temps que je parte. La nouvelle de mon expatriation avait jeté un froid sur le haras et semblait avoir réveillé quelques tensions familiales entre Edouard et ses parents. La fin de la saison de concours qui se profilait rendait Léon en état de stress permanent et au milieu de tout ça, les interminables préparatifs administratifs de mon départ n'arrangeaient rien.

C'est un samedi matin qu'Edouard m'accompagna à la gare, laissant derrière moi les mauvais souvenirs de l'été. Lucille m'avait préparé un merveilleux petit déjeuner de départ tandis que Louis, étant en concours avec son équipe et n'ayant pas pu me saluer, me fit don par l'intermédiaire de sa femme d'un sublime tapis de selle, remporté lors d'un prestigieux concours de dressage en Angleterre, alors qu'il avait raflé la première place, devant Zara Phillips. Ce cadeau avait, au-delà de son prestige, une valeur symbolique inestimable. Le train partait à 10h56 direction Gard du Nord et me transportait par la suite jusqu'à Genève. De là, Andrew venait me cherchait pour trois heures de route jusqu'à Grindelwald.

Edouard me serra dans ses bras sur le quai de la gare, les larmes étaient proches, les miennes aussi. Je pris mes valises et me jetai dans le train. Je n'avais donné aucune date de retour, je ne l'avais pas même insinué. C'était sans doute mieux ainsi ? Pas de promesses, pas de stress. Je le saluai par la fenêtre, il me fit un signe, sorti un mouchoir et le secoua, comme dans un vieux film. Je ne pu m'empêcher d'esquisser un sourire, ce qui ne fit qu'accentuer les larmes qui bordaient mes paupières. Heureusement le train s'ébranla et prit rapidement sa vitesse de croisière.

Arrivée à Paris, je dû trainer derrière moi l'équivalent d'une armoire de deux mois d'été, plus des affaires d'équitation, dont un casque dans son sac quelque peu encombrant, le tapis de selle du concours d'Hickstead sous le bras. Je cru un instant avoir égaré mon téléphone, je le retrouvai glissé dans une paire de chaussures qui trainait dans un des deux gros sacs de courses que je trainais, rempli de vêtements en tout genre, du crop top à la robe de soirée en passant par un pantalon d'équitation. Mes vestes de concours tenaient sur des cintres, emballées. Elles étaient attachées à la poignée de ma valise, laissant seulement de la place à ma main pour me permettre de l'attraper quand il fallait gravir un escalier me menant au quai du train pour Genève, à l'exact opposé du quai où j'étais arrivée. Que de joie. Poussée de toute part par des gens pressés, ou d'autres aussi chargés que moi, je finis par écraser les pieds de quelques personnes, au détriment de la politesse je ne m'excusais même pas. De toute façon, pour ma défense, ils ne m'auraient pas entendu. J'étouffais, la hanse de mon sac à main me sciait littéralement l'épaule. Cette dernière menaçait par ailleurs de s'arracher à chaque fois que ma valise cognait brusquement contre un objet non-identifié, souvent des pieds, sur le quai. Lorsque j'aperçus mon train, ce fut l'apothéose. Je me jetais à l'intérieur, mis mes affaires dans la case prévue à cet effet et cherchais ma place. Une fois installée je constatais que la place en face de moi était vide. Les sièges à ma gauche étaient occupés par une petite famille dont la fille me fit penser à Mélusine. La mère me sourit et je fis de même en retour. Elle posa longuement ses yeux sur mon tapis, calé sur mes genoux (décidément je ne le quittais plus !) et retourna à la surveillance de ses enfants.

Je me sentis tel un objet de curiosité l'équivalent de quelques secondes et constatai suite à cela que la personne face à moi était une femme d'une quarantaine d'années, en tailleur de luxe, attaché case collé à sa cuisse, parlant discrètement au téléphone d'un accent anglais quelque peu français. Elle raccrocha et me salua d'un signe vif de la tête. Le train démarra, mais cette fois-ci personne ne me saluait sur le quai de la gare. Quelques instants après je détournai le regard pour revenir à ma business woman. Elle avait aussi posé ses yeux sur mon tapis de dressage et me demanda d'une voix très discrète :

"Vous êtes cavalière ?"

Je souriais et acquiesçai.

"Vous êtes chanceuse."

La femme ne semblait pas vouloir continuer la discussion alors je me contentai de sourire, un peu bêtement, surprise par ce court échange.

Le trajet jusqu'à Genève ne fut finalement pas si long et Andrew m'attendait dès le quai de la gare. Lorsqu'il vit toutes mes affaires il s'empressa de venir à mon secours. Ainsi déchargée de tout ce poids je pu me déplacer plus aisément qu'à Paris à travers la foule. Andrew m'aida à charger mes multiples sacs dans sa voiture et nous prîmes la route. J'étais épuisée mais heureuse. Je dormis une heure en voiture et nous finîmes par arriver au haras. Bien que moins spectaculaire qu'au haras du Lac, les installations étaient tout aussi propres, voire plus grandes. En entrant, il y avait une longue allée de prés, tous occupés par différents chevaux, taillés pour le saut, des ossatures fines mais résistantes, des dos courts mais des épaules et des reins finement dessinés, contrairement aux chevaux du Haras du Lac, dont les muscles, plus imposants étaient idéaux pour le dressage. Les écuries, en bois étaient composées d'un seul et unique bâtiment qui tournait le dos à la montagne. La fin de journée émettait une lumière chaleureuse et se reflétait sur une petite étendue d'eau à proximité de la carrière et sur les roches. L'ambiance était calme, une petite maison en bois foncé, moderne et lumineuse était installée un peu plus loin, à l'orée de la forêt. La terrasse donnait sur l'ensemble du domaine ainsi que sur la majestueuse montagne.

"C'est plus modeste que tes anciennes écuries, j'en suis conscient.

- C'est parfait. Vraiment.

- Nous avons une carrière extérieure et un manège couvert également, là-bas, derrière, expliqua Andrew en montrant vaguement un coin derrière les arbres. Il me fit signe de le suivre, emportant mes sacs avec moi. Il me présenta ma nouvelle chambre, qui ressemblait d'avantage à un grand studio. Il y avait en effet un petit espace cuisine, une chambre très spacieuse et lumineuse, face aux montagnes. Le tout était très agréable et moderne.

"Petit plus, les écuries sont juste à côté."

Andrew ouvrit une petite porte dissimulée à l'extérieur :

"C'est l'entrée par la sellerie des propriétaires, c'est un passage un peu VIP, me dit-il avec un fin sourire.

- C'est incroyable !"

En effet, la sellerie était sublime, toujours aussi moderne, le matériel était d'une qualité exceptionnelle, un puits de lumière laissait entrer les derniers rayons de soleil qui se reflétaient sur les cuirs bruns des bridons, les selles étant toutes protégées par des housses aux couleurs de leur marque. Des paires de bottes brillantes s'alignaient sous les étagères qui portaient des soins de qualité, des brosses, quatre casques et des protections de saut. Il y avait, accrochés aux murs de bois clair, des photos encadrées. L'une d'entre elle était un cliché d'Andrew et d'un autre homme dans un champ de fleurs. Il vit mon regard et expliqua avant même que je ne puisse poser de questions :

"C'est mon frère, il vit aux Etats-Unis désormais, on ne se voit que très peu. Il était très bon cavalier mais a tout arrêté. Toutes les photos ici sont personnelles.

- Même celle-ci ? Demandai-je en désignant une photo, prise sous la nef du Grand Palais, sans doute à l'occasion du Saut Hermès.

- Oui, mais c'est moi le photographe, pas le cavalier, malheureusement.

- Vous n'y avez jamais participé ?

- Une fois si, mais je n'avais pas fait des miracles. Tu peux me dire "tu" d'ailleurs, notre différence d'âge n'est pas très grande, quatre ans tout au plus."

J'acquiesçai avec un grand sourire.

La soirée fut très rapide, épuisée par la journée je me couchais avant vingt deux heures, après avoir mangé avec Andrew, chez lui, sa copine étant en week-end avec des amies.

"Elle part souvent en trip avec ses potes, elle n'est absolument pas casanière, et les jours où elle reste au haras sont assez rares. Elle est sympa, tu t'entendras bien avec elle."

Son ton était quelque peu désinvolte, presque désintéressé. Mais toutefois à vingt deux heures, les bras de Morphée m'accueillaient chaleureusement, me préparant à surmonter la longue journée qui s'annonçait le lendemain.

AMAZING. Je suis joie, j'ai réussi à vous poster un chapitre ettttt quelle joie de réécrire, de prendre le temps et de me replonger dans ce récit qui m'avait tellement manqué ! Violette n'est pas prête pour ce qui l'attend !!! (et vous non plus je pense :p) Laissez-moi vos avis, ça me fait toujours très plaisir d'avoir des retours !!!! Bonne lecture amigos ! Faites vos pronostics pour la suite (j'aime bien connaître vos attentes et vos ressentis sur le vif !) ! Ce chapitre est purement introductif pour les aventures à venir, et (on l'espère fort) le retour de Demy peut-être ? La biseeeeeeeee

CHAPITRE 27 | Arpège.

C'est en sortant de mon studio le lendemain matin que je reçus le message d'Edouard. Cela n'avait rien d'extraordinaire si l'on prenait en compte la cinquantaine de messages échangés depuis mon départ, la veille. Mais ce message en particulier n'était pas anodin : il était accompagné de trois appels manqués et de caractères majuscules : RAPPELLE MOI.

Edouard était rarement dans l'urgence, ce message m'étonnait donc.

"Violette !" S'exclama t-il dès qu'il décrocha.

"Il se passe quoi ? Tu me fais peur mec...

- Truc improbable, mais Nora est revenue lécher les bottes de mon père hier soir au téléphone.

- Hein ?

- Plus je la connais plus j'ai envie de l'encastrer mais c'est ok, tout va bien. Elle arrive dans moins d'une heure au haras avec Demy car apparemment elle n'est pas satisfaite du travail que tu as fait avec elle."

Je me retenais de réagir avec agacement, cela étant inutile, Edouard n'y pouvait rien.

"Elle a dit quoi à ton père ?

- Je cite "je suis désolée de vous avoir mis en colère l'autre jour mais je dois vous avouer que depuis que Demy est partie du haras je n'ai pas trouvé une écurie qui me correspondait et j'aimerais revenir, si bien sur, vous acceptez de corriger les mauvaises habitudes que ma jument a prise cet été avec celle qui l'a travaillé."

- Sympa. Elle parle de moi, clairement.

- Pas de doute possible.

- Louis a réagi comment ?

- Il lui a simplement dit de venir aujourd'hui pour parler en face à face et voir la jument au travail pour voir ce qui ne va pas."

Reparler de Demoiselle me fit l'effet d'un terrible flashback. Elle était devenue mon deuxième Shamrock et je n'avais aucun moyen de changer la donne.

"Edouard...je peux faire quoi depuis là où je suis ?

- Toi rien. Moi je peux tester des trucs. Je suis assez persuasif parfois tu sais.

- Hum oui. Ton fameux charme lui fera peut être de l'effet, dis-je amusée.

- Fous-toi de ma gueule...on verra si je ne sais pas négocier.

- Quel businessman tu es. Allez, je suis désolée mais je dois te laisser, Andrew m'attend pour me présenter les écuries et les chevaux.

- Ca marche Vi', je te tiens au courant.

- Cool."

Je laissais passer un silence et repris :

"Tu gères. Vraiment, t'es parfait. "

Edouard sembla pris de cours et répondit quelques instants après :

"Je te l'ai promis, je suis là pour toi."

Malgré la nouvelle qu'il venait de m'annoncer, j'étais heureuse d'avoir quelqu'un de fiable à mes côtés.

Je pris la direction de la maison d'Andrew qui prenait un café sur sa terrasse, au soleil.

"Salut Violette ! Prête pour ta journée de l'enfer ?

- Ready pour souffrir ! Répondis-je en souriant

- Parfait...je vais déjà te présenter aux chevaux que tu auras à travailler régulièrement. Pour le moment tu en as trois. Si tout se passe bien avec eux tu en auras deux autres à travailler par intermittence dans la semaine. Et puis potentiellement sept si tu en as la possibilité avec un groom.

- Ce programme me plait ! Dis-je, convaincue.

Andrew était du genre à entretenir ses écuries au carré, les clôtures étaient toutes similaires, en bois clair, les abris étaient alignés de manière à se fondre dans l'orée du bois, laissant libre toute la partie découverte de la parcelle. Les allées qui menaient à ces prés étaient bordées de fleurs, et, admirative je contemplais le soleil laissant tomber ses premiers rayons sur les dos des chevaux, restés dehors pour la nuit. Andrew s'arrêta devant la troisième porte qui menait à un pré où broutaient deux chevaux.

"Le bai avec les longues balzanes c'est Arpège, il a cinq ans et c'est un cheval de sport belge. Je t'expliquerai avec quel matériel le monter, il a une peau très fragile. Son programme est assez simple et c'est un cheval très doux. Il a beaucoup de potentiel. Tu l'essaieras en premier." m'expliquai Andrew en caressant l'encolure du dénommé Arpège.

Je m'approchais à mon tour de son encolure et il renifla la main que je lui tendais. L'autre cheval s'approcha de nous doucement. Le calme qui m'entourait me rassura et me donna confiance pour la suite. Un cheval apaisé reflète l'état d'esprit et la sérénité du lieu. Andrew poursuivit la visite dans la pré d'en face où se trouvait un cheval plutôt petit, du nom de Jaipur, avec une sublime robe palomino. Il n'était pas taillé pour le saut mais d'après Andrew, il avait énormément de compétences pour le complet mais le saut restait sa discipline la plus difficile et j'avais pour mission de le faire progresser.

A l'opposé de ces deux paddocks dormait paisiblement Carthage, une jument baie dont les reflets cuivrés ressortaient au soleil. Elle s'ébroua lorsque l'on entra dans son pré où elle vivait avec une autre jument. Andrew me fit un résumé de ce qui m'attendait chaque jour. Dans l'ensemble, trois chevaux c'était assez peu : mais Arpège et Carthage étaient tous les deux en voie d'intégrer le stud-book Zangersheide et cela dépendrait de leurs résultats. D'autre part, Jaipur était destiné au complet et en dehors des entrainements de saut, il me faudrait me perfectionner en cross mais également en dressage.

"Je peux te proposer deux cours par cheval chaque semaine...donc six au total. On essaiera dans ces moments-là de travailler sur des exercices un peu précis et le reste de la semaine tu travailleras en au-

tonomie selon un programme qui changera en fonction des compétitions. Concernant le travail sur les barres, on fera de la hauteur deux
fois par mois, le reste du temps ce sera gymnastique mais toujours
en-dessous de un mètre.

- Ça marche. Je commence quand ?

- Je peux te proposer un premier cours avec Arpège dès maintenant
pour qu'on se mette chacun au clair avec nos méthodes de travail.
Je sais très bien que chaque cavalier à son rituel et ses méthodes et
je ne tiens pas à t'imposer les miennes. J'aimerais simplement qu'on
fasse des compromis entre nos habitudes respectives pour travailler
au mieux ensemble. De plus, tu feras la connaissance ce soir de mes
deux autres cavaliers d'entrainement des écuries avec qui tu pourras
plus facilement échanger."

Andrew me tendit un licol en mouton gravé au nom d'Arpège. Ce
dernier semblait heureux de sortir et hennit en passant devant l'entrée
de la carrière, accélérant le pas. Andrew m'indiqua le tapis à utiliser.

"C'est un tapis très doux, idem pour son filet, il faut veiller à ne
pas laisser de poussière sur le mouton du frontal pour éviter les
égratignures."

Je remarquai en effet au passage de l'étrille que sa peau était très
fine et se blessait facilement. Mon premier contact avec Arpège se
révélait très positif. C'était un cheval très doux et sensible. Une fois
sellé, je mis mon casque, ajustai le filet sans muserolle et mis le pied
à l'étrier une fois sortie de l'aire de pansage. Je me rendis dans la
carrière. Celle-ci était très grande et bien entretenue. Je commençai
ma détente, étirant mes muscles et ceux de mon cheval. Son pas était

vif et entrainant. Le trot était tout aussi travaillé et après plusieurs transitions je pris un petit galop. L'encolure placée, Arpège était parfaitement à l'écoute malgré quelques écarts dus à une voiture clinquante qui se garait sur le parking avec beaucoup de poussière. J'étais très à l'aise en selle, échangeant régulièrement de main. Andrew avait préparé au centre de la carrière un petit dispositif de gymnastique. Une dizaine d'obstacles se succédaient, très rapprochés. En effectuant un doublé je m'avançais vers l'enchainement. Arpège franchit chaque obstacle d'une vingtaine de centimètres chacun avec aisance. Chaque réception enchainait directement avec l'obstacle suivant. A la fin se trouvait une barre au sol entre deux chandeliers, qui annonçait un obstacle à monter progressivement.

Andrew me laissa enchaîner aux deux mains, effectuant des transitions sur les côtés. Il montait l'obstacle final d'une vingtaine de centimètres à chaque passage. A la fin de la séance, par pur challenge et pour me tester sur un obstacle isolé, Andrew avait dressé l'obstacle à un mètre quarante. Arpège le franchit avec aisance, je m'étais placée sans aucune difficulté.

Andrew me fit m'arrêter sur la piste et s'approcha :

"Bon tu vas le faire souffler sur le petit sentier derrière le parking qui va dans la forêt, suis les flèches, ça forme une boucle. Tu t'occupes de lui puis tu me rejoins après pour faire le point. Mais prends le temps de bien le faire souffler."

Après avoir suivi les ordres d'Andrew je le rejoins sur sa terrasse :

"Ah Violette ! Super tu es là. Je te fais un petit briefing vite fait, après je file, j'ai une urgence à régler avant midi en ville, dit-il en désignant de loin la voiture garée qui avait dérangé Arpège.

- On peut faire ça après si tu préfères.

- J'ai cinq minutes devant moi, je tiens à te dire ce que j'ai pensé de ton travail.

- Très bien, je t'écoute, dis-je en m'asseyant sur une chaise de jardin.

- Alors pour mettre fin à tout suspens, ceci était une séance d'essai. Je ne te l'ai pas dis pour pas te stresser. Mais je te rédige ton contrat dès que je rentre, ton essai m'a pleinement satisfait. Tu es très autonome dans ton travail et c'est très bien. J'ai l'impression que le feeling passe bien avec Arpège. Il est beaucoup plus stressé habituellement et il a très peu bougé aujourd'hui. C'est très bien. Donc je vais voir comment cela fonctionne avec les autres chevaux et on arrangera si il y a des points à améliorer.

Les événements m'avaient amené jusqu'ici...à travers les frontières. J'étais désormais prête à reprendre le saut avec tout le respect et l'admiration que je portais à cette discipline.

JE VOUS ANNONCE LA PUBLICATION PROCHAINE DES DEUX DERNIERS CHAPITRES DE DEMOISELLES (Tome 1)

celui-ci est l'avant dernier (hors épilogue) ! J'attends vos retours et vos commentaires qui me manquent depuis le temps que je n'ai pas posté !

CHAPITRE 28 |
Demoiselles.

S ix mois s'étaient écoulés depuis lesquels j'avais arrêté mes études et commencé ma vie de cavalière made in Switzerland. La phrase « à chaque cavalier son entraîneur » prenait tout son sens ici, aux écuries d'Andrew. En effet, ce dernier était devenu mon coach lorsqu'il fallait travailler certains points précis et le feeling passait très bien, je progressais rapidement et avec plaisir. Il me laissait suffisamment d'autonomie pour ne pas empiéter sur mes méthodes tout en m'indiquant la marche à suivre pour certaines choses sur lesquelles j'avais des difficultés. Jamais il n'avait eu à se plaindre de moi et je me sentais parfaitement à ma place. Nous étions donc au début du mois de février, au moment où la carrière extérieure était recouverte de plusieurs centimètres de neige et où tout le travail se faisait en manège.

C'était un matin, assez tôt, où le soleil commençait tout juste à faire briller la neige. Je travaillais tranquillement sur des étirements latéraux avec Arpège lorsqu'Andrew me fit signe depuis l'entrée du manège de venir le voir.

« Quelqu'un t'attend sur le parking. Finis de travailler avec Arpège et après tu files, dit-il avec un sourire lourd de sous-entendu

- C'est qui ? J'attends personne...

- Un admirateur, secret ou pas...ça j'en sais rien. »

Je fronce les sourcils, interloquée. Qui peut bien venir jusqu'ici pour me voir ? Mes parents m'auraient prévenu, Lucille et Louis aussi, Édouard ne me parlait presque plus depuis deux mois, Adam ne me parlait plus tout court, mes amis de l'ancienne équipe de France ne seraient pas venues sans m'en parler, Léon était en Pologne pour tout l'hiver....Je tournais ainsi dans ma tête toutes les têtes connues. Mais aucune ne paraissait évidente. Lassée de m'interroger sans avoir de réponses, je me décidais à desseller Arpège, l'amener au paddock d'hiver et revenir par la suite au parking, avec ma veste d'hiver xxl qui ne laissait dépasser que mes yeux et le haut de ma tête. Je vis un 4x4 bleu roi inhabituel sur le parking, un que je n'avais jamais vu auparavant ici ni nul part ailleurs. La plaque d'immatriculation était dissimulée sur le côté, m'empêchant de voir d'où venait ce véhicule. Je m'en approchais et sursautai lorsque la portière conducteur s'ouvrît.

Je poussais un cri de joie, si sincère et si spontané que des larmes d'émotions coulèrent immédiatement, malgré le froid glacial.

« Édouard !!! » M'exclamai-je en me jetant dans ses bras.

Je n'imaginais pas un seul instant que suite à nos messages de plus en plus rares, voire inexistants depuis plusieurs semaines, il eut fait le trajet jusqu'en Suisse pour me voir.

« Vi...je pensais que tu allais m'en vouloir...

- T'en vouloir d'avoir arrêté de répondre à mes messages et à mes appels ?

- J'ai été con de faire ça. Mais je voulais absolument te faire cette surprise.

- Parce que tu crois sincèrement que si tu avais continué à me parler, je n'aurais pas été heureuse de te voir aujourd'hui ?

- Si tu es heureuse de me voir, attends de voir la suite. Je ne suis qu'une partie de la surprise."

Je françgais les sourcils, curieuse d'en savoir plus.

"Dis-moi...

- Non. Faisons les choses dans l'ordre.

- Attends ? Mais je suis perdue...dis-moi ce que je dois faire !" m'exclamai-je, impatiente d'en savoir plus.

- D'abord conduis-moi à ton studio. Je vais aller poser mes sacs.

- Tu dors ici ?

- Andrew m'a proposé de m'installer avec toi...tu n'y vois pas d'inconvénients ?"

Je restais muette, mais le fin sourire qui se dessinait sur mon visage trahissait ma joie. Un moment j'avais pensé qu'il avait décidé de passer à autre chose, car la distance le lassait. Je m'étais donc trompée.

Lorsqu'il entra dans le studio il laissa exprimer sa surprise à son tour. En effet, Andrew m'avait autorisé à faire quelques travaux afin que je me sente exactement comme chez moi. J'avais donc créé une atmosphère chaleureuse, dans laquelle j'aimais me reposer tous les soirs. Mes habits étaient mal rangés, n'ayant pas prévu l'arrivée d'Edouard mais je lui promis de mettre de l'ordre dans la soirée. Le studio ressemblait désormais à un petit chalet moderne et cosy. Edouard me fit comprendre que l'on devait vite retourner dehors pour la suite de la surprise. J'enfilais une paire de gants plus chauds, mes bottes d'écurie et un bonnet épais. Le soleil brillait mais le froid saisissait d'autant plus.

Avant de ressortir, j'arrêtais Edouard sur le pas de la porte et le serrai dans mes bras, malgré nos habits épais, je sentis ses bras entourer mes épaules. Aucun mot n'était nécessaire.

Il prit ma main et je le suivis jusqu'aux paddocks. Une petite voix dans ma tête me laissait imaginer quelque chose, ce dont je rêvais depuis l'été dernier. Un autre lui répondait de ne pas se faire de faux espoirs car ce ne pouvait pas être possible. Cette dernière n'eut pas le temps de jouer la rabat-joie, la première voix avait vu juste.

Dans le dernier paddock sur la gauche, je vis une jument encore plus belle que lorsque je l'avais laissé. Sa robe baie avait doublé de volume par l'effet de l'hiver, elle ressemblait à une biche. Les naseaux au vent, elle reniflait les flocons qui tombaient des arbres. Ses yeux étaient grands ouverts, curieux de tout ce qu'il se passait de nouveau.

Je ne pouvais y croire : Demoiselle était là, face à moi. Après l'avoir laissé presque sept mois plus tôt, je ne pensais plus la revoir.

"Je...Edouard. C'est quoi ? Pourquoi elle est ici ?

- Aucun idée, je l'ai trouvé sur le bord de la route en venant puis je l'ai prise dans le coffre en me disant que ça pouvait te servir de cadeau.

- Non. Dis-moi !

- T'occupe pas de ça, vas la voir."

Je rentrai dans le paddock, la neige craquait sous mes pieds. Demoiselle vînt jusqu'à moi et posa son chanfrein contre mon bras. Je ne pus m'empêcher d'encercler son encolure puissante avec mes bras. Elle se laissa faire, sans broncher. Mes larmes coulèrent à nouveau, s'écrasant cette fois-ci contre les crins de Demy. Je n'avais aucune idée de ce qu'elle faisait là, de comment elle était arrivée, combien de temps elle allait rester. Toutes ces questions fusaient dans ma tête, mais je ne désirais aucune réponse, je les craignais.

Édouard me rejoint et passa sa main dans mon cou. Je fermais les yeux, ma joie était immense. Mes émotions perturbées, certes, mais j'étais sûre, au fond de moi, que quelque chose de très beau m'attendait. Je me retournais vers Édouard, espérant qu'il m'en dise plus sur cette incroyable surprise. Mais il n'en fit rien et m'embrassa.

« Vi...je te promets une chose : ces dernières semaines sans te parler ont été si difficiles...je pensais que tu allais terriblement m'en vouloir, peut-être ne jamais me pardonner...j'en sais rien. Mais j'ai fait ça pour toi et Demy. Pour voir ton visage aussi heureux et surpris aujourd'hui.

- Je suis pas une gamine, Édouard. Je pensais certes que tu t'en foutais de moi mais si tu es la aujourd'hui c'est que je compte un minimum à tes yeux.

- Plus qu'un minimum, je te rassure. Vi...je t'avais promis que je serai là quoi qu'il advienne, et tu vois...même avec la distance j'ai tenu mon engagement.

- En quel honneur ? »

Il m'embrassa à nouveau puis chuchota, presque imperceptiblement :

« En l'honneur de l'amour que je te porte ma très chère. »

Demoiselle effleura mes cheveux avec ses naseaux et mordillait mon bonnet.

« Concernant Demy, on parlera mieux de tout ça plus tard mais sache simplement qu'elle restera ici autant de temps que tu le souhaiteras et que Nora ne viendra pas te la reprendre.

- Tu l'as éliminé ?

- Oui exactement j'ai engagé un tueur à gage. Tu as deviné. C'est bien tu es perspicace, dit-il en riant.

- Tu es vraiment un gars sur qui on peut compter pour les affaires. C'est bien, » Riais-je à mon tour.

Édouard me tendit un petit carnet sur lequel trônait l'emblème des haras nationaux.

« Madame Desnat-Lahey Violette, Elvire, Constance, je vous nomme à ce jour propriétaire de Demoiselle. Demoiselle, je vous nomme jument officielle de cet énergumène qui vous servira de cavalière.

- Comment tu connais mes autres prénoms ?

- Attends...je t'annonce solennellement que t'es proprio de Demy et ta seule réaction c'est de savoir comment je connais tes prénoms ?

- Ca m'intrigue...

- Mon tueur à gage m'a aussi filé des renseignements. Bon arrête avec tes questions cons et respecte mes efforts de présentation....un minimum. »

J'ouvrais le carnet de Demy et vis mon nom inscrit à la suite de l'intitulé « Propriétaire ». Tout cela me semblait si irréel et en même temps si évident...

"Comment ça va se passer désormais ?

- Comme tu le souhaitais : tu as Demoiselle dans tes écuries, tu vas pouvoir t'entraîner avec Andrew.

- Mais il était au courant ?

- Oui...ça fait un mois qu'on prépare son arrivée en Suisse."

Mes sentiments s'exprimaient difficilement, je peinais à exprimer ma joie tant tout cela m'était incompréhensible : comment l'avait-il acheté ? Pourquoi Nora avait-elle fini par la vendre ?

Voyant mon regard soucieux, Edouard s'empressa de me rassurer :

"Tout est en ordre, ne t'occupe pas des formalités pour le moment. S'il te plaît."

J'acquiesçais, gardant mon regard suspicieux.

Je fis faire à Demoiselle le tour des écuries, passant devant la carrière enneigée dans laquelle elle se roula. Nous fîmes une petite balade à pied dans la forêt, la laissant se dégourdir les muscles après son long trajet. Dans sa couverture d'hiver elle avait l'air d'une pouliche curieuse et vive. Je souriais bêtement en la voyant ainsi. Demoiselle était de retour, elle n'allait plus disparaître, j'allais lui donner la meilleure vie possible pour elle, loin des traumatismes de l'été dernier.

Le soir même je m'empressais de demander à Andrew l'autorisation de la mettre progressivement dans le troupeau de juments, lui permettant ainsi de ne plus vivre seule en box. Dès le lendemain, ce fut chose faite : elle s'adaptait parfaitement dans le pré d'à côté, et voyant que tout se passait bien, elle intégra le troupeau les jours suivants.

Mon premier cours avec elle fut le mardi soir suivant, je ne voulais la travailler que sur du plat pour le moment. Dès que je fus en selle, je retrouvais les sensations oubliées : celles d'avoir avec soi une partenaire avec qui la compréhension était fluide, avec qui je n'avais plus peur. Demoiselle répondait parfaitement à mes demandes sans broncher. Seulement au galop, elle fut prise d'un trop plein d'énergie qu'elle laissa s'exprimer en ruant brusquement. Je la fis revenir au trot puis repartis au galop et fut cette fois-ci parfaitement à l'écoute. Elle fit la même chose à l'autre main mais se remit au trot d'elle-même avant que je la fasse repartir sur un galop stable.

Edouard nous observait depuis le bord du manège avec un immense sourire et m'interpella lorsque je repris le pas :

"Deux stars de ciné.

- Tu parles...attends de nous voir en parcours...tu vas halluciner.

- Fais gaffe à tes chevilles."

Je souris en lui lançant un regard en coin. La séance s'était merveilleusement déroulée. J'entourais l'encolure de ma jument avec mes bras. Elle tourna sa tête vers moi en hennissant doucement.

Je ne pouvais m'empêcher de sourire, mes yeux étaient emplis de larmes de bonheur. Toute l'énergie positive qui se dégageait de nos retrouvailles me laissait entrevoir un futur inattendu, et me faisait comprendre que désormais, chaque moment avec Demoiselle serait savouré. Si la vie d'un homme dure celle de trois chevaux, j'espérais désormais que la vie de Demy occuperait mes plus belles années à venir.

EPILOGUE

Voici un an que je foulais cette même piste avec Shamrock. Mais aujourd'hui, c'était avec Demoiselle que je me présentais. Je reconnaissais les visages des jurys, ceux qui avaient eu connaissance de la vente de tous mes chevaux, de mon départ des concours. Certains me saluèrent lorsqu'ils me virent préparer Demoiselle avant la détente.

Je concourais cette année sur l'épreuve à un mètre vingt, il s'agissait de mon premier concours avec Demy, et j'étais plus que confiante.

La détente fut excellente, quoiqu'un peu stressante au début pour ma jument pour qui tout cela était nouveau. Elle avait fait deux concours avec Nora qui s'étaient soldés par deux échecs : un abandon et une chute. Aujourd'hui il n'était pas question de cela. Demoiselle avait été entrainée tout le printemps.

Dans le public je pouvais voir mes parents, ma mère le visage stressée et mon père plein d'espoir, et fier de voir de quelle manière je n'avais pas abandonné ma passion. Lucille et Louis étaient là également. Edouard s'était proposé comme groom et Andrew avait pris le statut d'entraineur.

Le candidat précédent venait d'engager ses premiers sauts, je rentrais alors sur la piste, sous la banderole aux légendaires couleurs Longines. Je voyais la piste beaucoup plus grande aujourd'hui que ce que je voyais l'année dernière. Cette fois-ci, même le mur ne m'effrayait pas. Demoiselle avait témoigné toute se générosité aux entrainements, ne refusant l'obstacle que lorsque moi-même, je ne m'y engageais pas sincèrement. Demy était du genre "j'y vais avec toi ou je n'y vais pas."

Mon père me fit un signe d'encouragement tandis que ma mère lui fit signe d'arrêter de me déconcentrer. Je voyais Edouard tenter de trouver la place idéale pour les photos. Ce dernier avait choisi la tenue que nous allions porter aujourd'hui. Demoiselle était très sobre, un tapis noir au liseré brillant et des protections assorties. Un simple bonnet noir, s'intégrant parfaitement à son filet de la même couleur. Le tout se fondait parfaitement sur sa robe baie. Elle était curieuse, les oreilles en avant, les yeux grands ouverts. De mon côté, j'avais opté pour l'originalité avec une veste vert sapin au col noir, un pantalon blanc, des bottes noires et un casque noir brillant. Etant au début dubitative sur cette tenue j'avais finalement accepté et m'en réjouissais en voyant que le vainqueur de l'épreuve précédente portait lui aussi une veste verte...

Je mis Demoiselle au galop, la faisant évoluer en cercle autour des obstacles les plus complexes. Une fois la cloche déclenchée et moi plus sereine, je me plaçais face au premier obstacle. Demy allongea ses foulées en gardant l'équilibre et s'élança avec aisance au-dessus du vertical. Les quatre premiers obstacles furent ainsi passés, avec calme et académisme. Sentant ma jument prête à me suivre dans mes idées farfelues, nous passâmes un double oxer puis pris une option, très osée qui revenait à faire presque un demi tour. Demoiselle changea de pied et reprit des foulées régulières, elle fit sa volte avec une grande précision et releva le nez à l'approche du mur. L'impulsion était idéale, les foulées correctement calculées et nous franchîmes ensemble, dans la plus simple harmonie, ce mur qui m'avait paru si effrayant l'année précédente. Demoiselle rua de joie à la réception, mais ne perdit pas de vue le triple qui se profilait. Un. Deux foulées. Deux. Une foulée. Trois. J'avais sentis le postérieur droit de Demy toucher la barre, je ne voulais pas savoir si celle-ci était tombée. J'entendis le public faire du bruit et se tut lorsque j'approchais mes deux derniers obstacles.

"Bon 4 points pour moi…tant pis, on donne tout sur la fin !" pensais-je.

Je franchis le petit oxer isolé avant de m'élancer avec Demy sur la piste droite qui menait au dernier saut, un vertical avec bidet, juste en face de la sortie. Simple à première vue, il était sans doute le plus redoutable. Depuis le début de la compétition, de nombreux chevaux l'avaient refusé. Demoiselle était lancée dans un galop équilibré, les oreilles à l'avant, l'encolure redressée, parfaitement rassemblée.

"Allez, allez…." lui chuchotai-je.

Celle-ci sembla m'écouter, plaqua ses oreilles en arrière, se rassemblant d'avantage, elle semblait prise d'une rage soudaine. Je pris ma

place à l'abord de l'obstacle et Demy s'envola, littéralement, et largement au-dessus de la hauteur demandée. Une fois après la fin du
chrono, la musique du sans-faute s'enclencha. N'y croyant pas je
regardais le grand tableau des résultats pour vérifier, avant de réaliser
l'ampleur de ce que nous venions d'accomplir toutes les deux, ensemble.

CPSIA information can be obtained
at www.ICGtesting.com
Printed in the USA
LVHW021242160323
741693LV00046B/2568